中国新实力作家精选
少年必读的精品散文

〈总策划

温暖的石头

相裕亭 ◎ 著

知识出版社

图书在版编目(CIP)数据

温暖的石头/相裕亭著. —北京:知识出版社,
2011.11
ISBN 978－7－5015－6311－1

Ⅰ.①温… Ⅱ.①相… Ⅲ.①散文集—中国—当代
Ⅳ.①I267

中国版本图书馆 CIP 数据核字(2011)第 209782 号

策　　划　刘　嘉
策划编辑　马　强
责任编辑　张　磐
责任印制　李宝丰
封面设计　晴晨工作室

知识出版社出版发行
地　　址　北京市西城区阜成门北大街 17 号
邮政编码　100037
电　　话　010－88390732
网　　址　http://www.ecph.com.cn
印 刷 厂　三河市兴达印务有限公司
开　　本　1/16
印　　张　14
字　　数　180 千字
印　　次　2011 年 12 月第 1 版　2024 年 6 月第 3 次印刷

ISBN 978－7－5015－6311－1　定价:58.00 元
本书如有印装质量问题,可与出版社联系调换。

目　录

温
暖
的
石
头

目 录

温暖的石头

　　去舅家的路有多远，我不知道。我只记得途中隔着一条大沙河。小时候，我跟着我娘、我哥，有时就我一个人，不知往舅家去过多少回。

　　舅舅家，有个和我一般大的小表哥，我们一起捉蜻蜓，一起在月亮地里捉迷藏。有时，两人还在麦草窝里比赛翻跟头。

　　有一年，腊月二十三，农历小年。我被一场大雪拦在舅舅家，舅舅家专门为我割了肥猪肉，等猪肉煮熟后，小表哥被哄去街口小店里买火柴，我却被舅母抱到热炕上吃猪肉，舅母喂一口，我吃一口。等舅母问我想不想喝点开水时，我却摇着头，说："我不想喝水，我想呕了！"

　　舅舅、舅母这才知道我吃多了。

　　那一年，舅舅家割的肉不多，几乎是让我一个人给吃光了。

　　舅舅没有文化，但他很想知道我学习的好坏，他把一张纸撕出一个绿豆样大小的小洞洞，捂在书上，只露出一个字，先问我那是什么字，然后，再去问我小表哥。小表哥比我大两岁，我读二年级时，他读三年级，在舅舅的眼里，小表哥比我有文化。

　　可那年高考以后，小表哥名落孙山，我却榜上有名。

　　这以后，舅舅就认为我是他最有出息的一个外甥。每年的寒暑假，舅舅都要捎信来，让我去住几天，专门为我做上一顿鲜豆腐，让我吃过了，还要带上。

　　参加工作以后，只要我回老家，就去看舅舅，带点城里的糖果，或是香蕉、橘子什么的。有时，也掏一点钱给舅舅。舅舅、舅母一见我去，逮不住那乱飞乱跳的大公鸡，就把正在下蛋的母鸡捂在窝里给杀了。

这几年，父母相继去世，我回老家的次数少了，看舅舅的机会也少了。以往，每逢春节回去时，除了初一这天在村上各家拜年，初二或是初三，我就跑到舅舅家去了。

舅舅每年也都盼着我们去。

可好，今年春节前，乡下的大哥捎信来，让我带着爱人孩子回家过年。大哥说，父母不在了，你们就不回来了，让他这个做哥的脸上不好看！

我听了大哥的话，大年二十九，领着爱人孩子，大包小包地赶回老家。年初二的早晨，我跟我爱人说，一起去看看舅舅。

出了村，我跟我爱人介绍说，再往前走上一阵子，你就会看到一条大沙河，我说我小的时候，经常被那河里的水隔断了去舅舅家的路。

我爱人听了，吓了一大跳！问我："没有桥，我们怎么过去？"

我说冬天河水浅，可以踩着河中的石块跳过去。

爱人冲我瞪眼睛："你跳过去，我和孩子怎么办？"

我也在忧虑这事。可当我们来到河边时，只见河中一块块凸起的石头，如同一串串珍珠，从河的这岸，密密麻麻地一直伸向了河的那岸。

我庆幸没让我扒下鞋子把爱人孩子背过河去。可来到舅舅家我才知道，那石头，是舅舅铺的。舅舅每年都提早把河里的石头铺好了等着我们去。遗憾的是，我没能每年都去看舅舅。

温暖的石头

烧地瓜

小时候，我们小孩子最爱吃烧地瓜。

烧地瓜，不是现如今城里小街口的烤地瓜。城里的烤地瓜，是大铁炉里烤出来的，尽管它也来自乡下，但它是城里的，炭火硬烤的熟得太快了，没有我们苏北老家烧地瓜的味道好。

我们老家的烧地瓜，不是真正地架在火上烧，它是借用火灰的余热，慢慢将地瓜煨熟。一般是烙煎饼时燃下的火灰最好！这道理，有点像小火炖豆腐，时间越长越有咬头。再加上我们选地瓜的方法比较讲究，烧出的地瓜，格外好吃！

说起我们老家的烧地瓜，除了在用火上与城里的烤地瓜有别，还有一条也很重要，那就是如何选地瓜。也就是说什么样的地瓜最适合烧着吃。

细谈起来，这里面还真有点诀窍，一般是刚出土的地瓜不行，刚出土的地瓜含淀粉太多，烧出来太面，噎人！再就是被雨水淋过的地瓜也不适合烧着吃，被雨水淋过的地瓜含水量大，烧出来半生不熟的，怪难吃的。最好是把地瓜刨出来以后，放在太阳地里晒上三五天，当然，晒上十天八天更好，只要中间不要被雨水淋过就行。那样的地瓜烧出来，个个松软香甜，细嚼在口中，如同蜜枣一样。

记忆中，我小的时候，经常藏些地瓜在房檐屋角的太阳地里晒着，待小村里哪家烙煎饼，就揣个地瓜去烧着吃。

因为烧地瓜是个慢工夫，不需要站在那儿久等，只要你送去，扔到火灰里，就不用管了。回头，等人家把一大叠煎饼烙好了，那火灰中的地瓜自然也就熟透了。

火灰中烧熟的地瓜，表皮看，跟生地瓜一样，只有仔细辨认，才会发现地瓜两头冒出了焦黄的地瓜油。刚拿到手里时，可烫了！我们小孩子经常是两只小手不停地交换，还会觉得烫得受不了。有时，干脆放在胸前的衣襟里兜着，迎着小风跑去，等凉得差不多了，再扒开表皮，顿时，就有香甜的热气冒出来。那时刻，我们总要先舔尽粘在皮上的瓤儿，哪怕是很少的一点瓤儿，也要舔下来，因为粘在皮上的瓤儿，不但是香甜的，还筋筋道道的特别有味道。有时，我们还连皮都吃掉了。

碰巧了，烧出个红瓤的地瓜，我们小孩子就会高兴得跳起来！红瓤的地瓜甜，要是山岭地的红瓤地瓜，更甜！童年里吃过几回，至今想起那山岭地的红瓤地瓜，嘴里还有一种甜丝丝的滋味，真好！

小 小

小小是我儿时养过的一只小黑狗。我给它起名叫小小。

小小满身乌亮亮的，唯有两个眼圈是浅棕色的，灵敏的小鼻子，如黑色橡胶一样，柔软而又坚硬。轻唤它一声"小小"，它立刻会昂起小脸，尾巴冲你摇啊摇。

我很喜欢小小。

小小还在吃奶的时候，我就拿一盒彩色的蜡笔和西街的二华订好了。我想把小小养大了好跟我到野地里去抓野兔。

那时间，野地里的兔子特别多。村子里好多人家的狗都曾抓到过。尤其是二华家的"大黑"，经常追得野兔满地乱跑。所以，我一直盼望能有一只像二华家"大黑"那样能抓野兔的狗。于是，二华家的"大黑"刚生下小狗崽，我就用一盒蜡笔与二华订好了我给命名"小小"的小狗崽儿。但是，我怎么也没想到，当我把小小抱回家时，妈妈执意不要。妈妈冷板着面孔，堵在门口告诉我："你在哪里抱来的，赶快送到哪里去！"

我抱着小小不肯离去。妈妈说："再不抱走，我给你摔死！"

妈妈是个裁缝。她说，我家若养上一只狗，整天凶巴巴地"汪汪"乱叫，小村里谁还敢往我们家做衣服。

我明白妈妈说的道理，但我舍不得把小小送回去。我悄悄把小小藏在当院的草垛里，整天偷偷摸摸地送东西给它吃。小小很乖、很听话。我送什么它吃什么，从不挑食。我一天几次冲妈妈喊肚子饿，待妈妈把煎饼包给我后，我便躲在草垛边，一口一口地嚼给小小吃。我嚼一口，它吃一口，一块煎饼全嚼给它吃了，它还"嗯几嗯几"地冲着我摇尾巴，还想吃。

　　开始几天，妈妈察觉了我的举动，假装看不见，心想，等我三天的"热乎劲儿"过去，也就不想养它了。但妈妈没想到我整天围着草垛转，而且是越来越离不开小小了。

　　妈妈逼我快把小小送走，并说，再不送走，真要把它摔死了。

　　我出于爱护小小，忍痛把小小送走了。

　　但我没想到小小记住了我们家。我头脚把它送到二华家，它后脚又自己找来了。妈妈认为我舍不得送走小小，当着我的面，一脚把小小从屋里踢到屋外，且怔唬我说："我叫你不把它送走！"小小在凄惨的叫声中爬起来，眼巴巴地望着屋里的我，不敢再进屋了。

　　妈妈说，你要想给它留条生路，赶快送它走吧。言外之意，再不送走，下一脚就把它踢死。我在无可奈何的情况下，只好把小小送得远一点、更远一点，目的是让它找不着我们家。

　　我清楚地记得，那是个有雨的早晨，我给小小吃了半块熟地瓜、喝了一小碗糊糊，便抱它上路了。我把它的双眼蒙上，抱它到离村子四里多路的大河套里。

　　小小不晓得我要扔掉它，乖乖地趴在我的怀里，一路舔着我的手。待我把它放到河对岸，我跳过河水来，它在对岸急得团团乱转的时候，我却紧咬着嘴唇，一边挥手同它告别，一边禁不住噗噜噜地落下泪来……直到我彻底听不到小小在对岸的哭叫声，我的泪水还在脸上流呀流……

乡村趣事

捉鹌鹑

鹌鹑，一种飞不太远的笨鸟，通体黧黑色，看似麻雀，并非麻雀。鹌鹑比麻雀大，它的尾巴秃秃的，嘴角黄黄的，一对小眼睛如同两只小小的绿豆仁那样，贼溜溜地转。鹌鹑起飞时，完全依赖两只翅膀用力扇动，远远地就能听到"扑棱扑棱"的响声。

那种鸟，喜欢在花生地、黄豆地里筑巢。

夏末秋初，我们小孩子蹲在绿汪汪的花生地里薅草。薅着薅着，就听"腾"的一声响，抬头一望，眼前一只鹌鹑鸟，猛摇着翅膀，"扑棱棱"地飞向不远处的庄稼地里落下了。

那时间，田野里尽是一眼望不到边际的庄稼，我们不好跟着它去猛追。但我们会跑到它刚才腾飞的地方，寻找它的巢穴。

鹌鹑的巢穴，极为简单，就地围个小草窝，便在里面下蛋、孵雏鸟了。幼小的鹌鹑鸟，出壳就会跑，可谓见风长。所以，我们在鹌鹑鸟的巢穴里，很难见到它的雏鸟。巢穴里，多数是几只带着斑点的，且圆溜溜、热乎乎的鸟蛋在等着我们。

见此情景，我们小孩子并不急着拿走它的鸟蛋，而是找来小树枝，把鸟巢围成一个小小的圆锥状，并在一旁留一个带拐弯的小门。然后，我们远远地躲开，过不了多久，刚才飞走的那只鸟妈妈就会飞回来。此时，巢穴虽然已经被我们给改头换面了。但是，那种笨鸟只想着孵它的雏鸟，顾不得危险所在。而我们小孩子恰恰选在它归巢的时候，悄悄地来堵它的巢穴。

　　此刻，即使那只鹌鹑鸟在巢穴里听到我们跑动的脚步声，它也不知道往哪里逃生。因为我们给它设置了一个带拐弯的小门，慌乱之中，它找不到出口，只好束手就擒。

　　更为有趣的是，到了后秋，田野里一片荒凉，我们再发现鹌鹑鸟时，看准它落在什么地方，然后三五个孩子围着它打转转，那笨鸟看我们围着它打转转，就不知道往哪里逃生了。而我们打转转时，不断地缩小距离，直至转到那笨鸟跟前，它都不知道逃跑，而此时，我们脱下身上的小褂儿，往那鸟身上一捂，随即扑上去，就把它捉到手里了，怪有趣！

拉野兔

　　野兔，算得上是狡猾的小动物。它生性灵敏、乖巧，且善于奔跑。可枪打、可剪夹，如何用网拉得？奇吧！可我童年的时候，偏偏就做过那样的事。

　　后秋，或寒冷的冬季，四野一片空旷。唯有过冬的小麦，在田野里一垄一垄地绿着。狡猾的野兔，夜晚在麦地里偷吃了嫩嫩的麦苗，白天就地刨个小坑，趴在麦垄间藏起来。但它顾头不顾腚，自认为把头藏在土坑里，天上的老鹰就不会发现它。

　　事实也是如此，野兔们为逃避天空中的老鹰，只要趴在麦田里一动不动，空中盘旋的老鹰就很难察觉到它，因为它的颜色和麦田里冬土的颜色没有什么两样。但我们小孩子能找到它。野兔趴在麦垄间，与嫩绿的麦苗有明显的颜色反差；再者，当它趴在麦垄间的冬土里时，远远地就能看到那个地方鼓起一个随风微动的"包"。

　　我们小孩子根据野兔鼓起的"包"，首先要推断出它的头朝着什么方向，然后选出两个有拉兔经验的小伙伴，在野兔逃跑的正前方，张开双臂，扯上一道一米多高七八米长的线网，其他的小伙伴们在野兔的背后，突然间放声大喊，或扬起手中事先准备好的土坷垃，朝着野兔猛追猛打。

刹那间，尚在睡梦中的野兔，感到背后受敌，跳起来就跑，岂不知，它的正前方，有一道网子正张开等着它，一旦它撞到网子里，两个拉网的人，配合得极为默契，瞬间起身收网，并像小孩子甩大绳子一样，把网子合拢起来，在空中摇动，缠卷。

那野兔，惊惶失措中被裹在网子里，四爪乱蹬一气。随即被重重地摔在地上，当场一命呜呼！

踩蛤蛎

蛤蛎，学名河蚌。

入夏，河里的水暖了，村前屋后的水塘、河汊子里，便是我们小孩子的天堂。我们在水里游泳、扎猛子、打水仗，摸蟹、踩蛤蛎，小孩子们三五成群，戏闹一气儿，沿着沟塘河坡，手摸脚踩，感觉到异物，是蟹？是蛤蛎？心中有数，弯腰摸上来，便是一个惊喜！

踩到深水时，我们会自发地手牵着手，并成排，一起往前走。谁踩到硬物，谁先松开手，示意方位，并用脚丫子触着硬物，身边的小伙伴一个猛子扎下去，顺着对方的脚丫子往下摸，准能摸上一个东西，是蛤蛎，还是石块？两说。这期间，也有被蛤蛎夹住的，越想甩掉，夹得越紧，生疼！

蛤蛎，多为椭圆形，两扇壳扁扁的。成年的老蛤蛎，壳硬，颜色较深，乌黑。当年的新蛤蛎，壳薄，纹路清晰，呈浅绿色，迎着太阳一照，亮亮的，里面的五脏六腑都能看得到，蛮有意思的。

入冬以后，河面上结了冰。但冰下的水，被霜打过以后很清澈。浅水洼里，可以看到蛤蛎爬动的"V"形痕迹，找到那个"V"画线的终点，将冰面砸个小洞，用一个竹竿、铁丝、破鱼网拧成的小网勺，慢慢伸到冰下，很轻巧地就能把一只肥大的蛤蛎兜上来。

蛤蛎的肉，煮熟后如同软玉一般细腻，嚼在口中，软中含硬，还筋筋道道的。汤汁呈乳白色，鲜奶一样，抿一小口尝尝，透鲜！

乡村趣事

蛤蛎壳，当作废物，倒在房前屋后，堆成小山一样高。数年后，深居城里，方知那蛤蛎壳还是做钮扣的极好材料，早知道，将故乡的蛤蛎壳卖到城里来，多好！

捉螃蟹

狡兔三窟，螃蟹也是如此。

故乡的水塘边，常见异样的洞穴。是蛇洞？鼠洞？还是蟹洞？我们小孩子一看便知。鼠洞、蛇洞是圆的，不好玩，我们小孩子见到就躲开了；唯有蟹洞，扁扁的，且洞口一半在陆地，一半在水中。

捉蟹的方法，较特别。看准了水塘边的蟹洞，用树枝轻轻一戳，这个过程，要把握好时机。期间，洞中的蟹子受到惊吓，要么从旁边的一个洞穴里慌慌而逃；要么，它在洞中，牢牢地夹住你伸进去的树枝。捉蟹时，都希望是后一种。

因为，只要是手中的树枝被蟹子夹住，它是不会轻易松开的，只管慢慢往外拽，拽出蟹子后，看它八脚齐动，很喜人！

另一种捉蟹的方法，是用钩子钩，找一根粗铁丝，自制一个弯钩，留一个长长的柄。钩蟹时将弯钩慢慢伸到蟹洞中，凭手感而判断，若是有明显阻碍，且听得洞中"吱吱"作响，可猛一用力。钩住蟹子后，别急着往外拽，洞中的蟹子被钩疼以后，它要挣扎一阵子。感觉里面不动了，再慢慢往外拽它，见到蟹子出洞后，要避开它两个铁钳一样的前螯，轻巧地按住蟹壳，用青草缠住它张牙舞爪的蟹腿，再去摆弄它，它就没能耐了。

我们小孩子捉蟹时，常有手指被螃蟹夹住的，那种疼痛，直钻心窝子，怪难受！想甩都甩不掉，而且是越甩动它夹得越紧，夹得小孩子杀猪一样嚎！脑瓜灵活点的，赶快掰下它的前螯，疼痛可暂时缓解，但我们小孩子嫩嫩的小手指头，肯定是被夹破了，鲜血直流，挺吓人的！

打稻毛

打稻毛，挺苦的差使。

后秋，天凉了。家里为积攒柴禾，大人们总是赶我们小孩子——打稻毛去。

所谓稻毛，就是水稻被割去后，留在大田里的那一截水稻根。耕地、耙地以后，那短短的一截稻茬根儿就被翻上来了。我们小孩子挽着篮子，提个尺把长的木棍子，选择不干不湿的稻茬地，去把那一撮一撮的稻茬根儿敲打出来，放在篮子里，提回家，晒干了，当柴禾，烧火煮饭。

现在的城里儿童，也包括当今的农村孩子，不会知道那土里刨"柴"的艰辛，不会理解那打稻毛的难处！地湿了，不能打，一打一个泥饼子，尤其是刚刚犁起的稻茬地，全是一块一块的大泥巴，我们小孩子手中的棍子打下去，只见一道凹糟，不见那泥饼子散裂！再者，地太干了，稻茬根儿凝结成一个硬硬的土坷垃，铁蛋一样，棍子敲下去，土坷垃没裂开，我们的小手臂却震麻了！

但，我们小孩子自有小孩子们的乐趣！打到稻毛之后，我们便会聚在一起玩一种"打手棍"的游戏，方法也简单，两三个孩子，同时把手中的棍子往一个方向扔去，谁扔得最远，谁先拿起自己的棍子，去打别人的棍子。打着了，就算赢了！打不着，别人反过来打你的棍子。谁是赢家，谁可以得到事先"赌"在一起的一小堆稻毛儿。

这样"赌"下来，往往是会打棍子的孩子，不用打稻毛，也能满载而归。反之，辛辛苦苦打来的稻毛，都要输给人家。个中的滋味，怪难受！

拾花生

拾花生，有别于刨花生。

"大集体"时，农村秋忙，大人们三下五去二，把大片大片的花生拔起来，连秧带果地运到场上，就忙着去刨地瓜、割稻子，紧接着还要种小麦，哪里还顾得上起花生时，遗留在地里的星星点点的花生果呢？

这一来，我们小孩子就被派上用场了，村小学放秋假，我们欢天喜地地来到刚刚被大人们"清"过场的花生地里，有组织地"一"字儿排开，用爪钩刨、铲子挖，仔仔细细地把大人们翻弄过的花生地再翻弄一遍。所拣到的花生，一律要交"公"，万万不能往自己的小嘴巴里放。因为收工时，地头有一桶清水，等着我们馋嘴的小孩子们去漱口，倘若当场漱出白白的花生残渣来，就证明我们在拾花生时偷吃了花生。严重时，还要扣工分、罚粮食。制度够严的吧！

但是，我们小孩子苦等苦盼了整整一年了，眼看着篮子里乱滚乱动的花生果儿，怎么能不偷偷地吃几个解解馋呢？至于，地头那桶漱口的清水，只能吓唬胆小的孩子。鬼精一点的，这边偷吃了花生，那边谎说去解手，跑到沟边漱漱口，让其查无对证。当然，也有在河沟边漱口时被当场捉到的。

那场景，今天想想怪有趣的。

可当时偷吃花生，就是大事了，那是集体的东西，不能随便吃的。直到后秋，花生地里种上麦子，我们就可以放心大胆地到麦子地里去拣花生吃了。问题是，到那时候，很难再找到几个"漏网"的花生了。

一年秋天，一块刚种上小麦的花生地，遇到一场秋雨，原本裹在泥坷垃里的花生，此时被雨水浸泡开，露出白胖胖的花生来，我们一大群小孩子，如同一群空中落雁，在麦田里四处奔跑着寻找花生吃。忽而队长喊爹骂娘地追过来，刹那间，我们才察觉到，被我们踩过的麦子地，变成了一片乱泥滩！

巧捉海狗鱼

海狗鱼，属于两栖鱼类，依赖于潮汐万变的大海，善于在沿海的滩涂、湿地里打洞，上游河水涌来时，还能在淡水里生存。成年的海狗鱼也不过一拃长。可它的肉质极为鲜美、细腻，尤其是用来氽汤，七八条海狗

温暖的石头

鱼，随开水入锅以后，可煮出一锅白如乳汁的鲜汤。

海狗鱼头大、尾巴尖，其尾巴的功能非常特别，既能像澳洲的袋鼠一样用来在沙滩上弹跳，又可以像响尾蛇一样，摆动着尾巴在泥水里奔跑，其速度非常快！海边的孩子能追上它。但是，你捉不到它，不等你接近它，它就钻进洞里了。

不了解海狗鱼的人，想沿着海狗鱼的洞穴去挖掘它，那就钻进了它的圈套！常言道，狡兔三窟。那种鬼精的海狗鱼也是如此，当它察觉到有人在挖掘它的洞穴时，它就从旁边的洞口溜掉了。

好在海边的孩子有对付海狗鱼的技巧，那就是悄悄地蒙上它的眼睛，让它变成瞎子、呆子，弯腰可取之。其方法非常简单，在海滩上发现海狗鱼之后，先把它追赶到洞穴内，然后将事先准备好的一块小纸片堵在它的洞口处，悄悄躲在一旁，专等它乖乖地顶起"盖头"来。

那一刻，海狗鱼的眼睛，恰好被洞口湿乎乎的纸片给盖上了，尽管它不停地摇晃脑袋，想甩掉蒙住它双眼的小纸片，可它头上本身有黏液，正好粘牢了那块小纸片，任凭它怎样摆动脑袋，就是甩不掉。此刻的海狗鱼，乱蹦一气，可它在劫难逃了！孩子们跑过去，不费吹灰之力，就将其收入渔篓中。

乡村电影

小时候，村子里半年不放一次电影。偶尔放一回电影，全村老少都兴奋得不得了，生产队提前大半天就收工了，小学校干脆放假让孩子们去占场子，家家户户还要十里八村地叫亲戚，办饭菜。热闹着哩！

天一抹黑，小学校操场上叽叽喳喳地坐满了黑压压的一片人。一块雪亮的幕布，悬挂在民兵们临时搭起的龙门架上，调皮的孩子们，蹦着跳着去摸那幕布，好玩极了！

等到电影快开始时，占到场地的全都拿小板凳坐在中间，没占到场地的搬大板凳围在四周，四外庄上来的无亲戚可投靠的，只好立在外围"挡风沙"了。

大家都耐心地等着，村里的干部陪公社前来管理治安的武装部长和县里来的放映员在大队会计家里吃喝好，这才能听到"噗噗噗"的发电机声。

这时，你可以忽然看到场子中间，那支用竹竿挑起的灯泡"刷"地亮了。

场子里，顿时一片欢腾。

大家看到放映员把机子摆好了，电影片子也上上了，可就是不放电影。

村子里的干部还要讲话，先讲中苏关系，再说最新指示，等到点名批评张三、王五家的小鸡跑到生产队的麦场上偷吃粮食时，那准是讲话的干部喝多了酒，在那东扯葫芦西扯瓢了。这样的时候，你只有耐心地等着，等讲到一片骂声和口哨声响起时，电影也就开始了。

温暖的石头

可好景不长，一个片子还没放完，机器就出了毛病！先是银幕上的人，大口一张一张地，像是吃了哑药，没了声音，紧接着就有人喊：

"没声了。"

"哑巴了。"

这时，小竹竿上的灯泡"刷"地亮了，银幕上的人影随即消失。灯光下的放映员面无表情，一副不急不躁的样子，漫不经心地找出剪刀、胶水什么的忙活开了。

这时间，四周便有人打口哨，冷嘲热讽地骂村里的干部为什么不给放映员吃肉喝酒。好像这机器出了毛病，是放映员故意的似的。

紧接着，就有人从黑地里扔来沙子或破鞋头什么的搅乱场子，还有的地方厮打起来。多数人笑着看热闹，也有人跟着塞冷拳头。维护治安的民兵们，这时候就要发挥作用了，他们挥舞着长长的竹竿，向人群晃动的地方猛扫，可竹竿过后，人头又晃动起来，并且比先前更厉害。于是，竹竿又横扫过来！整个场子就像大海的波浪一样，此起彼伏。只有放映员在专心地修机子。待他这边灯泡一灭，场子顿时安静下来。

电影重新开始了。

可过不了多会儿，那边发电机又出了问题。

这回，整个电影场上一片漆黑，想做坏事的坏小子们，趁机往姑娘身边挤，更有胆大的，还去摸人家大姑娘、小媳妇的奶子哩！但大多数人还是关心那边发电机修好了没有。性情急躁的，早就坐不住了，跑到修发电机的那地方，帮着人家打手电、递扳手。

好不容易把一场电影放完，场子里随即喧声大作，呼爹唤娘，随之小孩哭、大人喊。"小兰、小花、狗蛋子"，一片杂乱。

等到各自回到家中，刚脱鞋上床，就听到远处庄上的犬吠声响成一片，那准是外村来看电影的人进庄了。

乡村电影

15

靠　吃

乡下人办喜事，大都选在秋后或是挨到腊月年根底儿。

那样，一来凑冬闲，找帮忙做事的人好找；二来天气寒冷，喜事桌上剩下的荤汤荤菜什么的，喜主家能多吃几天。当然，也有精明的人家，专把喜事选在正月初。大年刚过，哪家不吃几顿荤菜垫垫肚子，目的是喜桌上的鱼呀肉的能多剩几块。其实不然，前些年，庄稼人穷，常年吃糠咽菜的吃不饱肚子。但凡说要出喜礼，大都在头一天晚上就把空肚子留下，以便喜桌上能多吃一点。常听说喜事桌上有吃撑死的。

吃撑死的，虽说是少数，但都是一家之主。

在乡下，一家一户过日子，喜礼人人都能出，喜桌子可不是人人都能坐的，那要让给家中的长辈，让给一个家庭中主事的男人，女人和小孩则不能。女人只配在家刷锅洗碗，登不了大雅之堂，碰到红白事上，只能围着锅台或坐在小孩桌上吃一点，不能和爷们儿平起平坐。孩子们年龄小，酒桌上礼数多，怕他们不懂，给大人们丢了面子；更重要的是小孩子们肚量小，吃得少了不够本。但孩子们可以跟在大人身后靠一点吃。

说到靠吃，这里面还挺有学问，首先靠吃不是请吃，摆不上位置；其次，靠吃也不是随便哪家都能去"靠"，一定要有自家的大人去出礼坐桌子才行。有靠吃经验的孩子，看到自家的大人在屋里坐桌子，开始只管在巷口或小街上玩，但等那边酒席开始，就慢慢往前靠，屋里坐桌的大人看自家小儿子（或宝贝孙子）靠在门旁，不好直接叫过来吃这吃那，而是故意冷板下面孔，唬道："嗨！你来干什么的？"

孩子们知道大人们"唬喊"是假，低头站在门口不走，小眼睛直瞪着桌上碗里的鱼呀、肉的。这时刻，大人们会装作无可奈何状，拿一块炸鱼，或是夹一块肥腻的肉，塞到孩子手里，同时还要怔唬一声："快走吧！一会儿别来了。"

可孩子呢？不等把手里的东西吃完，又缩头伸脑地靠过来……

当然，若是能带出庄去靠吃的，那就有一席之地了。即使没有座位，起码可以大模大样地站在大人身后，或是揽在大人怀里，加双碗筷，荤汤荤菜的吃得满嘴流油……我就是这样，常跟着我爷爷，从东庄靠吃到西庄；从怀里抱着开始，一直靠吃到主家专门为我安排座位。

记得有一年腊月二十三，我妈妈说：今天过小年了，中午家里白菜烧粉条，不让我跟着爷爷到十几里外的三姑奶奶家去靠吃。可我哭着闹着硬要去。我爷爷扯着我的手，说："去吧去吧！小孩子盼了好几天啦！"

也就是说，好几天以前，我就知道爷爷要去三姑奶奶家喝喜酒，私下里，我还把这事儿告诉了好多小伙伴……

不能作美的是，当天回来的途中着了雨，十几里的路，我和我爷爷回到家的当天傍晚，浑身上下都湿透了。晚上我高烧不止，又呕又泻！一家人看我痛苦的那个样子，都闷闷不乐，尤其是我爷爷，蹲在一旁，半天也没言语。我妈妈忙前忙后，一会儿给我端水漱口，一会儿又拧着热毛巾往我头上捂……回头，也就是我妈妈给我打扫呕吐物时，十分惋惜地轻叹一声，说："这孩子，吃的倒是不少，可惜一点都没得，都吐出来了……"

靠吃

那年中秋

那年中秋节，家里穷得买不起月饼，妈妈被小妹闹急了，告诉我："去供销社看看，用麦子换不换？"

我扯着小妹，默默地守在供销社的水泥柜台边，确实看准了有人用麦子换出了油汪汪的月饼，便一口气跑回家向妈妈"报喜"，说："三斤小麦换一斤月饼。"

妈妈一个"噢"字咽回去半截，瞪大眼睛问我："三斤换一斤？"

我望着妈妈，点点头，算是回答了。

妈妈犹豫再三，还是去里屋小缸里摸了麦子。

后来，听妈妈说，那一年是苏北旱情最重的 1968 年，生产队每口人只分给八斤小麦。可想而知，当天，妈妈为什么只换回六块月饼。

"我要吃两个！"小妹在柜台边就嚷嚷开了。

妈妈嘴上说："行。"双手却高高地把月饼捂在草纸里，看都不让我和小妹看一眼。我知道妈妈舍不得给我们吃，直到返回家中我才支支吾吾地说："我只吃半块。"

妈妈搂过我和小妹，拣了些落在草纸上的月饼皮，塞进我和小妹的口中，说："这月饼是送给你舅奶奶的。"还说："六块月饼，你舅家最多留下四个，回礼的两个，你和小妹一人一个。"

哪知，那年舅家同样是麦子短缺，舍不得拿麦子换月饼，看我妈妈带来了六块月饼，大舅母喜不自禁地说："他大姑呀，这月饼俺就收下了，院里的枣儿，你打几个带给孩子吧。"

妈妈一听这话，顿时心凉了半截，枣儿也无心去打，空着兜儿就回来了。

　　傍黑，我和小妹在村头小桥边迎到妈妈，小妹一个劲儿地扯住妈妈的衣角要吃月饼，妈妈却含着两眼泪水，紧咬住嘴唇说："我们回家再拿麦子换！"

　　岂料，那一年供销社的月饼进得少，头半晌就换光了。

　　月亮升起的时候，妈妈端着半瓢麦子，领着我和小妹往家走。小妹一步一趋地拽着妈妈的衣角要吃月饼。妈妈一再劝我们听话，小妹还是跺着脚要吃月饼，我也在一旁说怪话。

　　妈妈一时心焦，照着我和小妹的屁股，"咣咣"各扇了两巴掌。之后，我哭，小妹哭，妈妈也哭了。

那年中秋

大袋子

大袋子，不是什么物件儿，他是一个人。

大袋子个儿蛮高的，瘦瘦筋筋的，脸上胡须很少，皮肤挺白，下巴有点尖，说话温文尔雅，穿戴一尘不染。初识他的人，都认为他是一个很有学问的人。其实不然，他是个贼。

大袋子跟我们家是老亲，他跟我爷爷叫"叔"，是表叔。他的姑奶奶，是我爷爷的亲娘。他是独生子，爹娘给他取名大袋子，盼望他以后过上好日子，家中的粮食可以用大袋子来装，也就是五谷丰登的意思。但是，早逝的爹娘怎么也没有料到，他们那个宝贝儿子做了贼。

大袋子做贼，是他长大成人以后的事。

大袋子的童年，是很幸福的。听我爷爷说，大袋子童年时，他家里有农田、开布庄，他整天戴礼帽、穿长衫，一幅十足的少爷派头，没受过一点委屈。我爷爷形象地比喻他没有弯腰捏过一根草。

但那家伙是个败家子，他好吃懒做，花钱如流水。我爷爷常挂在嘴边的一件事，是说大袋子在南河滩挖沙泉子，和同伴们比赛谁挖的沙泉水甜时，他事先从家里偷来白砂糖，待沙泉挖好以后，他悄悄把兜里的白砂糖撒在沙泉里，让人来品尝。

我爷爷讲这个故事，可能是想说大袋子不惜财物，或者是说他从小手脚不老实，竟然把家中很珍贵的白砂糖偷来撒在水中。当然，从另一个角度来看，也说明大袋子家里富裕。在那个吃饭穿衣都没有着落的年代，穷人家的孩子，哪里能有白砂糖撒进泉水里呢。

后来，大袋子的爹妈相继去世，他来支撑门户时顿顿开席摆宴，小白脸上尚未吃出黑胡子来，父母遗留的家产已被他典当殆尽。也就从那时起，他学会了一门生存的技能——偷。

大袋子的偷，不是一般小毛贼子那样去偷鸡摸狗。大袋子从小就是上等人家的公子哥，算是贵族，有身份的人。所以，大袋子做贼以后，仍然不掉价儿，他把自己打扮得西装革履，行动提着黑提包，戴着亮闪闪的金壳小手表，出门乘火车、登轮船，住高档的宾馆。这在解放初期，可是国家十三级以上领导干部才能享受的待遇，他大袋子就能装出这等大干部的模样，与那些地位显赫、腰缠万贯的大人物们混在一起。

常言道"防小人，不防君子"。大袋子就是抓住人们的这个心理，以君子的派头，取得对方的信任之后，趁机下手，然后溜之大吉。

我读小学二年级的时候，见他衣锦还乡地回来过。那时间，公社干部都穿不起黑皮鞋，他大袋子进村时，竟然穿着亮锃锃的"三节头"皮鞋，打着花领带，分给我们小孩子红红绿绿的糖块儿，递给大人们的全是带把把的香烟卷儿，我爷爷还穿过他给的一双东北棉焐儿鞋。但那时候我爷爷并不知道大袋子在外面做了贼。我爷爷问他在外面干什么营生，大袋子说："在工厂。"

我爷爷训导他："你都四十有几的人了，怎么还不找个家口？"

大袋子说："叔，这事不用你操心，我有家口，在东北。"

其实，大袋子跟我爷爷说的活，十句有八句都是假的。我爷爷是他的长辈，他怕我爷爷知道他的底细后，骂他。

大袋子老家那边，没有什么后人了，他认我爷爷是他的亲人。大袋子在我们家住了几天，临走时给我爷爷塞了点钱，嘴上说赶在年节，让我们家里人替他到父母的坟上烧几张纸，其实，他就是想给我爷爷几个零花钱。

后来，我在西庄读初中的那年冬天，有一天傍黑，有人告诉我爷爷，说看到一个人像是大袋子，正在后岭的坟上烧纸。我爷爷想：不会吧，大袋子每次回来，都是先奔他这个"叔"，这回是怎么啦？我爷爷疑疑惑惑赶到后岭的坟地一看，大袋子已经走了，可他烧过的那一堆火灰还在拂拂地飞着。

我爷爷预言：大袋子这人出事了。

果然，从此以后，大袋子那人，就像在地球上消失了一样，再也没有他任何消息。

染　布

染布，是一种职业。

但在我童年的记忆中，染布的是指一个人。那个人，个子高高的，黑黑的弯脸堂，一年四季，指甲里总是潜藏着灰乎乎的颜料色，肩上斜背一个布搭子，时常是人没进村，吆喝声先到了："染布——噢——"

那声音拖得长长的，怪怪的，尤其是音调滑到那个"噢"字上的时候，忽而高上去，忽而又滑下来。整个吆喝的过程，如同一个牙口不好的老太太极有耐心地撕咬一块牛板筋一样，很筋道。

他的家住在我们村前面的小庄上，我父亲跟他很熟，村里面好多大人跟他都很熟。用我爷爷的话说："前庄后团的，谁还不认识谁呢！"

但我们小孩子不认识他，他也不认识我们是谁家的小孩子。我们小孩子就知道他是个染布的。

小村里，哪家集上买来白粗布，急需要染了做寒衣，或是哪家爱美的新媳妇、大姑娘想把自己穿过的浅色衣服变个颜色，翻翻新，一听到那染布的吆喝声，立马就会跑出来，喊住那染布的。腿脚不好的老奶奶们，家院里听到那染布的喊呼声，去屋里翻找布料的空当，怕那染布的走远了，总会让顽皮的孩子们前去打头阵，喊住那染布的，甚至是把那染布的直接叫到自家院里来。

那样的时刻，左邻右舍的婶子大娘们，全都围拢过来，帮着要染布的人家出主意，最主要的是讨价还价儿。那个年代，好多人家，肚皮都填不饱，自然不会花更多的钱去染一块布料。

我之所以能记住那个染布的，是因为我上小学五年级的时候，私自做主，从那染布的手中染过一条围巾。

那围巾，一半咖啡色，一半羊肚白。围巾的质地软软绵绵，现在想来，应该是纯羊毛的，是我父亲一个朋友送给他的。

当时，我父亲在我们邻近的公社党委当干部，他身上穿的、用的，都和我们村里的叔叔、大伯们不一样。所以，那条围巾，也应该是那个时代很时髦的稀罕物儿。每逢冬季，父亲围上它出门远行时，既能遮风挡寒，又能缠在嘴边当口罩，蛮洋气的。

我很眼馋父亲的那条围巾，选在那年秋凉乍寒的时节，悄悄从衣柜里翻出来，自个围上了。

父亲在一天晚上回来时，看到我脖子上围了他的围巾，很吃惊的样子看了我两眼，但并没有说我什么。晚上，临睡觉时，我听父亲跟我娘拉呱，说："你怎么把那围巾给了二子？"

我娘给我挡驾说："小孩子长大了，知道爱美了，让他围几天吧。"

父亲没再说啥。

第二天，父亲上路时，也没有急着要回他的围巾，我便更加得意地围在脖子上了。

大约半月过后，我感觉那围巾除了白色，就是咖啡色，太单调了，我盼望再多几个颜色该多好呀！恰好那一天，染布的来到我们村里，我突发奇想，要把那围巾染成黑的或蓝的。我觉得若是把那围巾染成黑的或蓝的，围在脖子上更显眼，更好看！小朋友们没准还认为我又多了一条围巾呢。

于是，我从家里偷了两毛钱，在小街西头追上那个染布的，问他两毛钱染一条围巾行不行？

那染布的，木呆呆地看了我两眼，说："行。"

他问我染什么颜色？

我看着他布搭子上染好的颜色"标本"，指着其中一个蓝布条，说："就是这种颜色。"

那个染布的默默地接过我手中的两毛钱，要过围巾，让我一集后，等他。

一集，就是五天。

五天后，那个染布的果然如期而至，不过，这一回，他在离我们家很远的地方就大声吆喝开了："染布——噢——"

我一听到他的吆喝声，就知道我的围巾染好了。

然而，令我没有料到的是，当我把那条染好的围巾拿回家时，我娘一看就火了，点着我的脑门子，责问我："谁让你染的？"

随后，我娘让我爷爷拿着那围巾去找那染布的，问他，"小孩子不懂事，他四五十的人啦，难道也不懂事？就为了赚小孩子两毛钱，一个大男人，连良心都不要了！"我爷爷追出去很远，与那染布的具体说了什么，我不知道。这以后，那染布的，知道我是谁家的孩子了，好多次在路上与我父亲走对面，他都故意绕开了。

至于那条围巾，染过之后，老气横秋，父亲不围了，我们小孩子更不能围了，干脆给我爷爷做了扎腰带。

染布

难忘那双大头鞋

读初中的时候，父亲买来一双大头鞋，旧的，黄帆布的高棉帮，皮大头，两只是搭配起来的，不一样大。可能是部队上"退"下来的，或是草原上牧民穿过的，里里外外全都脏乎乎的，有一只鞋里面的棉花都磨透了，露出黄不拉几的黄皮。就那，还不是什么人都能买得到的。

父亲之所以能买来，是因为他当时在相邻的公社党委工作，可能是走了个"小后门"才弄到手的。父亲原本是买给我爷爷穿的，可我爷爷脚大，他反复试了很多次，只有一只能穿上，另一只太小了，我爷爷把布袜子都脱了也没能把脚挤进去。最后，只好望鞋兴叹，让我拣了"便宜"。

我的脚小，我在两只不一样大的鞋坑里垫上稻草，系紧了鞋带，"叮叮咣咣"地穿在脚下。

开始几天，有点磨脚。我怕大人们知道了不让我穿，故意装出很合脚的样子。当时，我小叔、小姑，正盼着我不能穿，脱给他们呢。所以，磨脚我也不吱声，但我暗地里找些棉花垫在脚上，竟然"叮咣叮咣"地穿着它到西庄联中上学去了。

岂料，头一天，左脚磨出了两个银铃铛一样的大水泡，第二天，右脚的水泡也起来了。尽管如此，我还是舍不得脱下来，硬咬着牙，挺过了水泡的破裂、出血、化茧子的三个过程，苦不堪言地度过了"磨合期"。

大约两周后，就不怎么磨脚了。

接下来，小村里的大街小巷，无处不响起我的大头鞋的"叮咣"声。快要过年的时候，家里人让我到父亲工作的那个公社，去买个猪头来好过年。我很高兴，一大早就穿着那双大头鞋，"叮叮咣咣"地上路了。

从我们家，到我父亲工作的那个公社，有二十多里路，其中有七八里是乡间土道，十六里黄沙公路。当天，也不知道是我走得太急了，还是穿着那双大头鞋原本就不能走远路。反正，我还没走上公路，就觉得脚下不对劲儿了，先是感到两只脚火辣辣地痛，坐在路边石头上歇了一会儿，再走，就寸步难行了！脱鞋一看，呀！原来磨出茧子的地方，全都像涂了胭脂一样磨红了，有几处还冒出了鲜红的血腥子。这可怎么办？

往回走？显然不妥，家里人还等着吃猪头肉哩！再说，往回走，也还有七八里地。何不咬咬呀，继续往前走。

这主意拿定以后，我就把鞋带使劲勒紧，以免脚在鞋里上下打滑，走了一段后，我感到实在疼痛难忍了，便把棉袄的袖子撕开，拽出一把棉花垫进鞋里，那样，相对要磨得轻些。好不容易走到父亲工作的那个公社，本想见到父亲时，跟他说说我的脚磨破了，让父亲给我买双新鞋穿着回去吧。可我怎么也没有想到，父亲一见我穿那么大的一双鞋来了，顿时就拉下脸来，不问青红皂白地训斥我："你是怎么来的？嗯！谁让你穿这么大的鞋来的？"

我想跟父亲说，我不穿这鞋，家里还有我穿的鞋么？但父亲好像不容我分辩，鼻子不是鼻子，眼不是眼地训斥我，直到我的泪水含在眼里，父亲也没有正眼看我。

下午，我要回去时，我没敢跟父亲说我的脚磨破了。但父亲可能猜到我穿着那双大头鞋走路不方便，送我上路时，给了我两毛钱，让我花一毛六分钱，打张车票回去。

我拿着父亲给的两毛钱，走到车站，又改变了主意。我想，即使打张车票，坐上一段路程，下了车后，还有七八里的土路要走，何不咬咬牙一直走回去算了。那样，还能省下一毛六分钱。

这件事，过去二十多年了。当天我是怎么走回去的，记不清了。但我省下的那一毛六分钱，我买了一瓶墨水和四块水果糖。四块水果糖中，给我小妹三块，我自己吃了一块。我至今记忆犹新！

温暖的石头

倒小肠

那年冬天，生产队又要杀牛了。我们小孩子提前好几天就知道了，我们奔走相告，像过年一样高兴！从早晨喂牛的瞎老七把那头骨瘦如柴的老黄牛牵到场院，王狗瘦父子俩挽起袖子往牛脖子里扎刀子，以至后来，把那头老牛的肝呀、肺呀，一样一样割下来，放进一旁的大锅里"咕嘟咕嘟"地煮，我们小孩子都围在一旁看得仔仔细细。

大约是夜里一点多钟，我们期待已久的事情来临啦——牛肉出锅。

在这之前，队上的干部，不知把我们赶过几遍了，让我们快点回家睡觉，不许我们围在牛肉锅跟前看热闹。我们假假地跑到一边草窝里躲起来，等那边牛肉一出锅，我们就围过去。围过去也不敢抢牛肉吃，但我们可以在锅边上找点封锅面尝尝鲜。

那种封锅面，是用来密封锅和锅盖之间缝隙的，刚抹上去的时候，就是一般的面和成的面泥，看锅盖上哪地方漏气，就往哪地方抹一点。那样，一旦牛肉煮熟了，那封锅面也熟了，并且味道跟牛肉一样鲜。

我清楚地记得，那天夜里，我在抢封锅面时，被人挤到三层人外，只看到、听到里面的人"呜哇"地争抢，却怎么也靠不到锅边去。靠不到锅边去，就吃不到封锅面了！正在我着急的时候，忽然看到旁边一个装牛肠子的木盆没人看管。那些牛肠子正冒着热气，我趁机抓了一节牛肠子就往嘴里吞。

当时，说不清是牛肠子没煮烂咬不动，还是我想快点把它吃下去，那段牛肠子一到我嘴里，我就想囫囵吞枣似地快点把它咽下去，以防别人发现我在偷吃牛肠子。

可偏在我咽下一半，手里还捧着一半的时候，站在我前面的毛蛋子，一回头看到我在偷吃牛肠子，忽然大声喊起来："有人偷牛肠子吃喽！"

毛蛋子是队长家的儿子，他一喊呼，立马有人大声喊过来："谁偷牛肠子啦？嗯！"

情急之中，我扯住还没有咽下去的那半截牛肠子，就像小猫扯线团一样，两手攀索着，"呼呼噜噜"又把吞下去的牛肠子给倒出来了。但我恨死队长家的毛蛋子啦。就怪他多嘴，否则，让我吞下那节牛肠子多好！

第二天，各家各户都端着盆、拿着碗，到场院去分牛肉汤和汤里漂浮的牛肝、牛肺、牛肠子，我们家也分到小半盆。

半道上，我让妈妈从盆里捞点牛肺或牛肝给我吃，妈妈舍不得，看我馋得厉害，就从盆里捏出一节牛肠子给我。我接过那节牛肠子，正要往嘴里放时，忽而看到那上面的牙印印。我知道，那是我头天夜里咬的，也没去多想，就那么嚼在嘴里了，很香！

乡 戏

一盏汽灯，高挑在村后小学操场上新搭起的"龙门架"上，一块脏乎乎的白的或蓝的幕布扯在后头，乡间小戏这就开始了。

先是开场锣鼓，"咚呛、咚呛，咚咚呛！"的乱敲一阵，那是招惹人耳目的。告诉本村和外村的人，演出马上就要开始了。

本村的人好说，各家的小孩头半晌就石子、瓦块的划好场地占下了位置。这阵子，锣鼓板一响，家家户户的大人小孩，蓑衣、板凳，前呼后拥着来了。问题是，外庄上赶来看戏的人，他们要从五六里或更远的村庄赶来，也就是天一落黑那阵子，小村四周的大路上、小道上、田埂上，到处都是前呼后唤的人群，遍地都是晃动的手电光，那都是外庄来看戏的人。

他们中男男女女，三五成群。好多人晚饭都顾不上吃，在家叼个煎饼就跑出来了，还有的，在地里干完活直接就来了。为了看戏，肚子饿了、渴了，咽几口口水，也就挨过去了。

当然，看戏最艰难的还是挤场子。本村人，理直气壮地坐在场地中间，外村来的人就不行了。只能"贴三边"，这下问题就来了，先来的还可以，他们尽管是站着，但站在前面，不影响视线。后来的人呢？若是前边站个矮个子，还勉强凑合看戏；若是站个高个子呢，势必就要往前挤或几个人联合起来去"争取"位置，三晃、两拥，整片场子都不能安稳，有时候挤得狠了，整片都鬼哭狼嚎。

所以，不管在哪村演戏，都得事先安排民兵，手持长长的竹竿维持秩序，看到哪地方不老实，就用竹竿掠来掠去。可越是这样，拥挤得越厉害，往往是竹竿掠来时，人们纷纷低头躲过，躲过竹竿后，人们的头很快又抬起来，此起彼伏，很像是大海里的波浪。尤其是个别"吃"了竹竿的人，捂着头被挤出外围后，自己看不上戏了，也不想让别人看安稳，想方设法搞破坏，不是往场子里扔破鞋、乱树枝，就是往竹竿摆晃的地方撒砂子，搅得台下的"戏"比台上的戏还热闹。

有一次，县京剧团到我们公社上演革命现代京剧《龙江颂》。消息一传开，人们奔走相告，全公社中小学放假半天，各生产队也提前收工了，天还没黑，各村的人，就像潮水一样涌向公社驻地。

戏台子搭在刚刚收割了的一片空旷的稻茬儿地里。远远地看去，红的、绿的、粉的大幕，把高高的戏台妆扮得既庄严又气派，六盏汽灯并排高挂在大幕前，照耀得戏台上下如同白昼。

场地也是经过精心策划的，除前边两排座位留给公社干部，其他各村一律用石灰水分割开，并调动了派出所干警和各村民兵统一维持秩序。原本是很好的。问题是邻近几个公社听到消息，也都成群结队涌来，一家伙把秩序搞乱了。演出还没有正式开始，就有人把一个民兵的竹竿给故意折断了，这可是很丢民兵们面子的事。当下，那个被折竹竿的民兵一声哨响，招来三五个民兵，要抓折竹竿的人，那小子见势不妙，撒腿就跑。

岂不知，他人生地不熟，没跑出多远，就听"扑通！"一声，掉进地头的土井里了。后边追上来的民兵，打着手电把他捞上来，看他湿得很狼狈，也没怎么整治他，训他几句，就把他放了。

那小子可好，原本该找个地方弄把火烤烤，可他，看到这边戏台上的大幕徐徐拉开了，就地蹦了几个蹦，甩了甩头上、衣袖上的井水，又跑去看戏了。

偷　粪

偷粪，城里的孩子不懂得。当今，乡村的孩子也不会理解，偷什么不好，怎么还去偷粪呢？脏乎乎的。可"大集体"的时候，那可是一种谋生的手段，谁要是能偷来粪，谁就能得到生产队的工分。有了生产队的工分，就有了粮食，有了柴草，有了生活的希望。

细说偷粪，跟做贼差不多，同样是一种很不光彩的事。可独来独往，也可以两三个人一伙。白天选好了点儿，半夜三更地摸进人家的猪圈或牛棚，悄悄地装满了筐子，奔黑路，溜掉！

我偷粪的同伙小名叫小结实，论辈分，我应该叫他叔，可他年龄跟我差不多，我整天喊他小结实、小结实。

小结实家里挺穷的，兄弟又多。冬天，他家里兄弟几个盖一床破被子，半夜里冻醒了，他就起来喊我跟他偷粪去。小结实夜里喊我的方式很特别，他用石头敲我家的山墙几下，我就知道是小结实在外面等我了。

我们那个村子，有五个生产队。我们偷粪不偷自己生产队的，另外四个生产队的牛屋、猪圈，都是我们袭击的目标。

有一次，小结实领我到村子北头的五队去偷粪。按照我们白天"踩"好的点儿，来到猪圈跟前。小结实站在外面望风，我跳进猪圈里装筐，就在我把两个人的筐子都装满，要往外面递筐子时，不知怎么把猪圈墙上一块石头碰下来，"咣当"一声，响得很远！

随后，不远处传来喊呼声："谁呀，干什么的？"

小结实听出是大队部巡逻的民兵，悄声告诉我："糟啦！民兵来了，快跑。"小结实话没说完，撇下我，撒腿跑了。

我也想跟他一起跑，可我站在猪圈里，面前还有两个装满猪粪的筐。等我倒下粪筐也想跳墙逃跑时，就见黑暗中两个民兵向猪圈方向包抄过来。

我知道，完了！跳墙是没有用了。情急之中，我一下子蹲在猪圈里，与那臭哄哄的母猪靠在一起。

那两个民兵，跑到猪圈边，看猪圈里没有什么动静，就调头奔小结实逃跑的方向追去。我趁机跳出猪圈，向着小结实奔跑的相反方向逃去。

当天夜里，小结实被抓到大队部。

按照当时的规定，逮到偷粪贼，虽然不够送交公社司法办处理的，但可以罚粮食。

我很担心小结实会供出我来。天亮以后，我装作没事人一样，跟一些小伙伴一起去大队部看小结实。那阵子，小结实被民兵们当作坏分子一样，按在毛主席画像前，正给毛主席请罪。

那个叫"四眼狼"的民兵营长，高挽着袖绾，穿着一双大头鞋"咣当咣当"地徘徊，审问小结实："你偷过几回粪啦？"

小结实说："头一回。"

"四眼狼"一拍桌子，指着小结实的脑门说："什么！"

小结实不敢吱声了。

"四眼狼"又问他同伙是谁？

小结实不吱声。

那时间，我们刚看过革命现代京剧《红灯记》，都不想学王连举，个个争当李玉和。所以，"四眼狼"再怎么审问，小结实始终没有供出我。弄得大队民兵们只好就事论事，去小结实家罚麦子。

当年，我们生产队只分给每口人 16 斤麦子，可小结实因为偷粪，大队部要罚他家 4 斤麦子，相当于一个人全年四分之一的麦子。小结实的妈妈从缸里往外扒麦子时，一边指桑骂槐地骂小结实是个坏东西，一边心疼得直往下滚眼泪。

事后，事情过去了许多天。有一天早饭桌上，我父亲跟我妈嘀咕说："小结实没有供出俺们家的二子，我们是不是该送点麦子给他们家。"

我妈响响地喝着碗里的糊糊，半天没有吱声。想必，我妈是舍不得送些麦子给小结实家。

偷粪

卖豆腐的男孩

我小的时候，家里穷，逢年过节，都很难吃到一顿丰盛的肉菜。偶尔，大人们能割点豆腐，或是买根香果子（油条）给我们小孩子香香嘴，就算不错了。可与我们家一墙之隔的愣大成，却经常买豆腐吃。

愣大成是个光棍，五十多岁的人啦，整天跟个孩子似的，傻乎乎的就知道个吃。按辈分我得叫他大伯，可我很少叫他大伯，背地里我都叫他愣子，也就是傻瓜的意思。或者叫他大成、愣大成。因为他嘴馋、好吃，很多小商贩挑着担子走到他门口时，总要多喊呼几声。

有天早晨，我们一家人正围着桌子上的一个空菜盘子喝稀糊糊，愣大成门口又传来了卖热豆腐的喊呼声。那都是外村里来卖豆腐的，要收现钱或拿黄豆换。我们本村也有做豆腐卖的，可都不在本村卖，怕赊账，赔不起本钱。我对那天早晨喊热豆腐的声音，至今记忆犹新！那是个孩子的嗓音，尖尖细细的，喊出来的腔调是这样的：

"热豆腐咪！——"

"吃热豆腐噢！——"

我被那喊声所诱惑，两眼扑闪扑闪地直往妈妈的脸上看。妈妈不知怎么发了善心，轻叹一声，从兜里摸出一张皱皱巴巴的毛票子，让我去割点豆腐解解馋。

我喜得一蹦三尺高，扔下手中正喝着的糊糊碗，抓过桌子上刚才用来放咸菜的那个空盘子，一溜烟儿地跑出了家院。找到愣大成家门口，只见愣大成正一手端着个牛眼样大小的小瓢，一手捏着瓢里有数的几个金灿灿的黄豆籽，跟一个瘦筋筋的，大约有十二三岁的男孩搬秤星。

那男孩说话声音很小，愣大成的嗓门却很高。我过去秤豆腐时，那男孩正鼓着嘴，满脸不高兴！可能是愣大成少给了他黄豆，或是多要了那个男孩的豆腐。

我看愣大成美滋滋地端着豆腐，回到他那间小黑屋，就告诉那个卖豆腐的男孩，说大成不讲理、抠门，反正都是些讨好那个男孩的话，目的是想让那个男孩给我秤豆腐时秤好一点。

这期间，陆续又围过来几个换豆腐、买豆腐的，我端着那个男孩给我秤好的一块白生生的豆腐，急不可待地一路跑回了家。

回头，我坐在桌前吃豆腐时，就听那个卖豆腐的男孩，在院墙外面大声喊呼：

"谁买豆腐没给俺钱！"

当时，我还认为又有谁像愣大成那样，跟那个男孩赖账呢。可等我吃过早饭，背着书包上学时，半道上往裤兜里一摸，这才想起我早晨买豆腐时，只想着快点回家吃豆腐，忘了给那个男孩付钱了。

可那时间，那个卖豆腐的男孩早就走远了。

我拿着那一毛钱，一时间产生了很多种想法。其中，最不好的一个就是：这钱，我不给那个男孩了，也就是不认账了！如果那男孩以后认出我没给他付豆腐钱时，我就一口咬定说给他了。

有了这样的想法，那一毛钱当天就被我花了两分，买了糖块甜在嘴里了。还剩下八分钱，我藏在席底下的草窝里，没让大人知道。但这期间，我很担心那个卖豆腐的男孩会在街上认出我来。我心事重重地躲避了两三天。还好，那两三天里，我始终没见到，也没听到那个男孩的叫卖声。

可有天早晨，我在上学的途中，路过西街口那儿，看到一个卖豆腐的妇女，正哭天抹泪地跟一帮街邻的婶子、大娘们诉说什么。我出于好奇，走到跟前一听，原来，这妇女是西庄上的，是那个卖豆腐的男孩的妈妈。

那妇女说，前两天，他儿子来卖豆腐，也不知哪个没良心的，买了豆腐没给钱。儿子回家跟他爹一说，他爹性情暴躁，开口就骂儿子是个窝囊废，上去一巴掌！也不知他爹下手打重了，还是打到孩子不该打的地方了，可怜她那儿子，当场就鼻口窜血，至今还昏迷在床上。

我听到那个坏消息，就像个刚刚偷过人家钱包的贼一样，立马调头走开了。

接下来，一连好几天，我不敢听街上喊叫卖豆腐的声音，我怕那家卖豆腐的大人，还有那个被他爹打得不知病得怎么样的男孩，会找上门来！

大约半个月后的一个星期天上午，我和村里的小伙伴在西岭上割牛草，快晌午的时候，西庄上忽而走出一串吹吹打打的送葬队伍，我当时吓坏了！左想右想：一准是那个卖豆腐的小男孩死了。

我独自趴在后山坡一块大石头后面，远远地看到那些送葬的人，堆好了新坟远去了，我才壮起胆子，跑到新坟上去看了花圈。得知死者不是那个男孩时，我的泪水噗噗地滚下来，我说不清那是忏悔的泪水，还是庆幸的泪水。

总之，那是我为那个男孩流的泪水！

如今，二十多年过去了，我一想起那段受穷的岁月，脑海里立马就会涌现出那个卖豆腐的男孩。

我不知道他后来生活得怎样？

但愿他被他爹打过后，很快康复了。而且，如今生活得比我更美好！

吃　鱼

　　父亲在外面工作，家中就没有劳动力了。"大集体"的时候，生产队分个粮呀草的，全都是本家的叔叔大伯们帮着推回来。尤其是本庄我姑奶奶家的表叔，自己家分的东西烂在地里不管，也要先把俺家的帮着弄回来。

　　父亲很感激他们。每次回来，都要心照不宣地请他们到家里来坐坐。

　　说是"请"，其实酒菜摆好了，他们就来了。父亲曾在酒桌上跟他们说过，请谁、不请谁都不好，只要你们看我回来了，就来坐坐吧。

　　在乡下，"坐坐"就是指喝酒。

　　这样一来，我们的酒场上，常常是这茬儿喝过刚走，那茬儿又来坐下喝了。

　　乡里乡亲的，都很实在，来了也不用客套，摸个板凳坐下就喝，喝不够，再找酒瓶倒上。喝到差不多了，起身说："喝好了，得回家吃饭了。"

　　这时间，父亲总是说："在这喝碗稀饭吧！"

　　回答："不，家里做好饭等着了。"

　　乡下风俗，喝酒就是喝酒，一般不在人家吃饭。好像端了人家饭碗，就要欠人家人情似的。喝酒嘛，无所谓的事情。

　　但我表叔到我家来，一般就不走了。

　　我表叔比我父亲小几岁，从小跟我父亲一起耍惯了，一看到我父亲来了，很亲热地围候着。有时，我父亲回来了他不知道，可他看到街面上有自行车碾过的车花就会跟着找，用不着找到我家巷口，就猜到我父亲回来了。因为那几年，乡下有自行车的人家很少。

我妈妈不大喜欢我表叔来，说他吃菜吃得太多了。喝一口酒，吃好几口菜。有一回，我妈妈坐在一旁给他数着，平均喝一口酒，吃两口菜，最多的一次是，喝一口酒，吃了五口菜。我妈妈说，要不是她看着，他还要吃第六口的。看我妈妈老是盯着他看，他不好意思了，才放下筷子。

有一年春天，父亲带来一条大狗腿鱼，灰背、白肚皮，带回家时还没死，口一张一张地挺吓人。去鳞、破肚时，我和小妹围着看。妈妈不让我们看，让我领着小妹到街上耍。

妈妈怕家中来人喝酒，小孩子围在桌前馋食，不体面。

我听妈妈的话，领小妹街上耍去了，正巧碰见我表叔挑尿水往菜园里送。是小妹告诉他，说我父亲回来了。我表叔听了很高兴，送过尿水就到我们家来了。可那时间，盆子里的鱼头、鱼尾都被人吃光了。

父亲看我表叔来了，就让我妈再装鱼。我妈不太想装。锅里留了两节鱼段儿，是想给我和小妹的。可我父亲已经说话了，不装又不太好。我妈拿着盘子为难了，两节都装上吧，等会儿，小孩吃什么？装一节在盘子里，孤孤单单的又不好看。只好把两节鱼都装上了。但往桌上放盘子时，我妈多了一个心眼，故意把那节大的鱼段儿，放在我父亲那边。心想，我表叔吃他边上那一节，剩一节，等会儿留给我和小妹分着吃。

哪知，我表叔还不知多长时间没吃鱼了，看端上来两节鱼段儿，先把他那边那节吃了，又把我父亲这边的一节也扒过去吃了。我妈妈坐在一旁看得心里一揪一揪地难受。

回头，等我表叔喝过酒、吃过饭起身离去时，我妈走到桌边收拾碗筷，不由自主地轻叹一声，说："哎，他表叔怎么那么馋呀！就剩下两节鱼了，让他都吃了。"

一语未了，我表叔返身进来找他放在桌底的草帽。想必，我妈说的话，他都听到了。进门后，表叔的脸一沉，啥话都没说，抓过草帽，走了。

这以后，我表叔好久不到我们家来了。

但我们家有活，他还帮着干。

吃
鱼

剃 头

父亲回来的时候，大都是黄昏或晚上。有时回来得太晚，我们兄妹几个都睡觉了。第二天，看院子里扎辆自行车，这才知道父亲回来了。

父亲工作的那个公社，离我们家很远。父亲一两个月才回来一回。

父亲每次回来，都要在家过个把天。有时，还能过上三五天再走。

我们兄妹几个都盼着父亲回来。父亲一回来，我们家就吃好饭，就有叔叔大爷什么的到我们家喝酒。挺热闹的！

但我不喜欢父亲回来带我去仲大嘴那儿剃头。

小时候，我最怕剃头了。刀子剪子的不说，关键是那头发茬儿，弄在衣领里面，痒痒死了，好几天都很难受。

父亲说："不行，你头发太长了！跟个长毛贼似的。"

我不知道长毛贼是什么。但我猜到长毛贼肯定不好，只好跟父亲去找仲大嘴，力争做个好孩子，不做长毛贼。

仲大嘴是个光棍，跟我们家沾点老亲。每回父亲领我去剃头，他都不要钱。

父亲呢，早料到他不会要钱，领我走在当街的小卖店里，不是买两条白毛巾带上，就是买几块肥皂让我拿着，总不空着手去。

父亲是公家人，吃工资的，回到村里，说话做事是很大方的。

仲大嘴看我父亲来了，老远就打招呼：

"哟！表弟又回来啦？"

父亲说："表哥你忙。"

"不忙，不忙！"

仲大嘴说"不忙"的时候，就知道是领我来剃头的，忙弹弹他那把可以折叠的木头椅子。等仲大嘴看到我怀里还抱着毛巾、肥皂时，他立马就装作很生气的样子说："表弟呀表弟，你怎么又弄这些事，上回你带的毛巾我就说不要不要，你硬放下了。这回，你怎么连肥皂也带来了！"

父亲笑着把烟卷递上，仲大嘴接过烟不急着抽，他把烟卷夹到耳朵上，很麻利地把我抱到椅子上，一看我的头发，立马又唬下脸来。这一回，是说他自己："哎呀！也不知我整天瞎忙乎什么，让小孩的头发长得这样长！"

那言谈话语中，带着几多亲近和亲热，好像我的头发长长了，全是他仲大嘴的责任似的。

这时间，父亲一旁插话，说："就这，还不愿意来。"

仲大嘴把话接过去，问我："是吗，俺表侄子？"

我不吱声。

仲大嘴说："这可不行，下回头发长长了，你就自个来。要不，再让我看见你长这么长的头发，腿裆的小鸡我就给你割下来了。"

我知道他不会割我的小鸡，我就想让他快点给我剃完头，让我到街上耍去。可那仲大嘴，偏要给我剃得仔细，原本给我剃个"葫芦瓢"就行，可他偏要给我留个"小盖瓦"或"猫舌头"，还一个劲儿地左修右剪地没个完。好歹刀子剪子的结束了，还不放我走，还要给我抹香香。抹上了香香，还要问我饿不饿。

我说："不饿。"

父亲也说："在家刚吃过。"

可那仲大嘴非得给我包块煎饼拿着不行。

回头，我拿着仲大嘴给我的煎饼跑到街上耍了，父亲还要留在那儿刮胡子。父亲的胡子原本是不用刮的，可仲大嘴硬要给他再刮刮。

半晌，我在街上耍够了跑回家。

进门，妈妈看我头发剃了，就猜到又送东西给仲大嘴了，仔细盘问我

剃
头

一番后，就跟我父亲拌嘴："看你大方的，小孩子剃个头，你又是毛巾，又是肥皂的。俺有那些钱，多少头剃不了!"

那时间，大人剃一个头，也不过一毛钱。可买一条毛巾要三四毛钱，稍好一点的毛巾要五六毛钱。妈妈心疼那些钱花得太冤枉，太不值得！让我下回不要去了。

父亲说："乡里乡亲的，计较那多干啥吗!"

可妈妈不让。

妈妈说："你挣两个工资都穷撒了，我们一家老小去喝西北风呀?"

妈妈告诫我："下回不许去，头发长了，去找庞拐子。"

庞拐子也是个剃头的，他六亲不认。亲弟弟家小侄找他剃头，他都要追上门，要两个鸡蛋。

我听妈妈的话，下回头发长了，真拿着五分钱或一个鸡蛋去找庞拐子。

可这以后，仲大嘴看我不去他那剃头了，有些恼！

有一回，我父亲又回来时，仲大嘴在小街上堵上，开口就说："表弟呀，什么事呀，小孩子剃个头你都不让到我这儿来!"

一块旧表

父亲生病住院时，我写信给乡下的大哥，让他来服侍几天。我跟大哥说，父亲一生病，24 小时都要人侍候，我们夫妻俩都上班，实在是忙不过来。大哥接到信就急匆匆地赶来了。

大哥人很厚道，一到我们家就全揽下父亲住院陪护、做饭、送饭的事。我和妻从内心里感激。过了些日子，大哥看父亲能下地走动，生活能自理了，就想回去了。大哥说家里的玉米该收了，黄豆也早该割了，还不知你大嫂在家忙成什么样了。

我跟妻说，大哥出来不少天了，让他回去看看吧。妻也是这个意思。

临启程的那天中午，妻做了一桌好菜，让我陪大哥好好喝两盅。说这些天，多亏了大哥早早晚晚地往医院里跑。要不，我们连班都不用上了。大哥说，这些话都不要说了，自己的父亲，还有什么不应该的。大哥问我有没有不爱穿的旧衣服什么的，给他几件带回去穿。我告诉他都给他弄好了，有他能穿的，也有大嫂和小侄子能穿的。大哥很高兴，又问我有没有我不爱戴的旧表什么的给他一块。大哥说，能跑个钟点、大差不差的就行了。大哥说在乡下，整天泥里一把、水里一把的，有块好表也戴不出好来。

我心里话，家里哪有什么旧表。但我忽而想起抽屉里有块新"瑞士"。那是我一篇获奖小说的奖品。敢情大哥整天在家没事，把什么都翻到了。

当下，我有些不大高兴，我跟大哥说，家里没什么旧表，建议他现在表不值钱了，花个二三十块钱，买一块电子表就是了。大哥说，你窗台上不是有块旧"苏州"表吗？

这时间，我才想起窗台上那块旧"苏州"。那块表，是我考上大学那年秋天，父亲送我到徐州时给我买的，也是我考上大学后，父亲给我添置的唯一一件东西。这些年，尽管我有了更好的表，不戴它了，但我一直珍藏着它。我觉得父亲在当时能给我买那块表，实在是太不易了。

　　我们家兄妹多，我考上大学那年，大哥刚成家分出去过了，小妹和三弟，一个读高一，一个读初三，家里处处都需要钱。可父亲就是在那样的情况下，硬是咬着牙给我买了一块当时能值八十多块钱的"苏州"表，它让我在以后的日子里，增添了好多骨气和勇气。可现在大哥要要它，我真有些舍不得。我跟大哥说，那是父亲给我买的。妻却一旁鼓动大哥，你别听他那一套，趁早拿走了事，省得放在家里，戴也不是，扔也不是的。大哥笑，举杯跟我说：喝酒喝酒。

　　回头，也就是我和妻要上班先走的时候，大哥还在不紧不慢地喝着。我和妻都提醒他，不要忘了返程的班车时间和桌上那块旧"苏州"。

　　大哥挥挥手说他忘不了，让我们放心好了。孰知，傍黑我和妻下班进家，大哥人是走了，可那块旧"苏州"，却仍旧放在桌子上。妻一看那表，半是牵挂，半是惋惜地说，大哥中午喝多了。言外之意，连表都忘了。

　　我没吱声。我知道大哥不是忘了带那块表，而是不想夺我所爱。当晚，我和妻合计了一下，第二天一大早，便把那块"瑞士"给哥哥寄去了。

妈妈的错

我有一件花格衫，短袖的，袖口处有个小袢袢，小袢袢上还钉着红蓝黄三个大小都一样的小看扣儿，挺别致的！它不是父亲买的，也不是妈妈做的，印象中，它是父亲一个外地朋友到我们家来，送给我哥哥的。我哥哥穿小了，我穿正合适。可我妈有些舍不得给我穿，说我太调皮了，有件好衣服也穿不出什么好歹。只答应我走亲戚时穿，并说等过几年，我妹妹长高了给我妹妹穿。可我闹着要穿，不走亲戚时，我也要穿！

妈妈说："好好好，给你穿，给你穿。"但一再嘱咐我，穿上这衣服不要在小树空里乱钻，那样会刮破了；不要在衣襟上擦鼻涕；更不能在地上打滚儿。还说，要是感觉身上有汗了，就赶快脱下来，要不让汗水浸湿了就不扎实了。

我嘴上答应说："行！"可出了大门，就不是那回事了，该怎样就怎样。妈妈看我穿脏了，就拿到村前的小河里洗。

在我童年的记忆里，村前的小河水没有污染，一年四季，流水清清，小村里家家户户都到河里洗衣服。到了冬天，各家各户井水不吃了，全都去小河边担水吃，小河里的水甜！夏季不行，夏季里雨水多，河水不卫生。但可以洗衣服，在河边洗衣服有个好处，不用急着往回拿，就手在小河边的树杈上扯根绳子，把刚洗好的衣服晾上去，太阳晒，小风吹，左摇右摆，一会儿就干。衣服多时，还可以边洗，边晒，边说笑。小村里好多人家的大闺女、小媳妇们都争着去村前的小河边洗衣，那里热闹，那里有趣，那里是女人家的好去处。我妈每回都和西院的五大娘一起到那里洗衣服。有一天，我妈突然问我："你的花格衫呢？"

我说："不知道呀!"

"你穿的衣服,你怎么还不知道?"

我说："我没穿呀!"

"前天你不是穿了吗?"

"前天?前天我没穿,前天我光大膀子的。"

"那大前天。"

"大前天?大前天我也光大膀子了。"

我妈很生气,说我没有记性,还一口咬定是我在什么地方玩热了,把衣服脱下乱放,忘了。

我说："没有呀!"

"还嘴硬,好好想想,这几天你在什么地方玩了。"

我想不起来。

我妈就提醒我:后街三华家桃林里?我摇头。前街牛屋的草垛上?我摇头。大会家、黑福子家呢?我不停地摇头。

我妈说："完了,好好一件衣服丢了,叫你不要穿,留给你妹妹穿,你偏要穿。这下不用再臭美了吧,丢了。"

我无话可说了。但我心里挺委屈!我真想不起来那件衣服丢在哪儿了。

这以后的很多天里,我妈一想起那件花格衫,就对我没有好脸色,不是说我臭美,就是嫌我调皮,弄得我都不想在家呆着了。

这天午后下雨,我和哥哥拿着扒网去村前小河下游逮鱼。

在下游河汊里支好扒网以后,我和哥哥一人拿一根长树条,跑到小河上游两岸拍打水面,让鱼往下游的网上窜。等快到扒网跟前时,我和哥哥都跳到河里拦挡鱼们往回返。就在我走在河水里拍打水面时,忽而感到脚底下踩到了一个布袋子,我一个猛子扎下去,捞起来一看,正是我那件花格衫。尽管在水中浸泡数日,有的地方已经烂了。但我此刻惊喜万状,大声地跟我哥哥说："我的花格衫!我的花格衫在这儿!"

我当时想，这一定是妈妈在河边洗衣时，一不留神，随河水淌下来的。可我万万没有想到，等我把衣服上泥渍洗去，拿回家跟妈妈说这件事时，妈妈不认错，硬说是我在河里洗澡时丢的。

　　我委屈得眼泪都快要流下来了。

　　妈妈却冲我摆摆手说："好啦好啦，别嘴硬了，出去玩吧，出去玩吧！"之后就不管我的事了。我真想不明白，妈妈怎么是这样的人呢？

　　当天，后半夜里，我被一泡尿憋醒，听见妈妈跟我父亲在小声说话，妈妈说："都怪我那天和他五大娘合起来洗衣服，随水淌了小二子的花格衫，我一点都不知道找。要不，明年，闺女也能穿那件花格衫了！"说到最后，妈妈轻叹一声，说："哎！"

父亲的泪

母亲死后不久，父亲又找了个老伴儿。大哥坚决反对！我和三弟、小妹，表面上都装作很从容的样子，不管不问，可内心里都不愿意父亲那样做。从对母亲的感情上讲，我们一下子接受不了这个事实。可父亲硬是瞒着我们兄妹四个，把那个小他十几岁的老伴儿领回家了。

这事情弄得我们兄妹都不愿回家了。

这时间，父亲说气话，"指望儿女，都是假的！"那话里的意思是，还是有个老伴儿在身边好。

可事隔不久，父亲得了食道癌。

这时间，我们兄妹不靠前不行了。

在决定到哪里去治疗时，大哥首先想到了我。

大哥跟我在电话里说，准备领父亲到大医院里来看看。言外之意就是要带父亲到我这里来。当然，这里面还有一个重要的因素是，我爱人在市医院里工作，各方面都要方便一些。大哥还分析给我听，说事到如今，就是我们兄妹的事了，大哥把父亲新结识的那个老伴儿排除在外了。眼下，尽管是把父亲送到我这里，也不是一下子都推给我，兄妹几个还要轮番护理。

可真的把父亲送到我这儿安顿好以后，大哥又变卦了。大哥说乡下马上要夏收了，家里的几亩麦子，怕大嫂一个人在家忙不过来。

大哥跟我商量说："这样吧，这段时间（指父亲住院的日子），你们两个就吃吃累，赶以后父亲的病情稳定了，回老家去保养治疗时，就不要你们管了。"说这话的时候，大哥没等我表态，就自个儿先把头低下了。他也知道这样安排是有些连累我们了。

当时，我在区委跟着领导做秘书，每天忙得团团转。我爱人虽然在医院里工作，可她"三班倒"。好在我们的孩子托给幼儿园了，早晨送去，晚上接回来就行。可大哥提出让我们"吃吃累"，我和我爱人二话没说，就那么应下了。

两个月以后，父亲化疗完三个疗程，医生说可以回去"观察"一段。父亲也闹着要回去。医院里的压抑环境，还有病房里的那种令人作呕的气味，让父亲是一天也不想多呆了。

送走了父亲，我爱人说她要好好看看书，医院里要晋升职称。我也跟大哥说，前段时间，我耽误了很多工作上的事。不到万不得已的时候，我就不往老家跑了。大哥很同情，父亲也理解。

这以后，我有五十多天没回去看父亲。这里面原因是多方面的：一是有大哥在父亲身边；二是父亲新结识的那个老伴儿也没走，我不想见她；再者就是父亲前一段在我这儿住院，我该做的确实也做到位了，这番回去让大哥他们照顾去吧。但尽管这样，我还是隔几天打个电话回去问问情况。大哥每回都跟我在电话中长吁短叹，但每回总是说父亲的病就那样了，你们在外面好好工作吧。父亲最后的日子里，大哥曾多次问父亲："要不要让二子回来？"

父亲不吱声。

最后，大哥看父亲汤水不沾了，就挂电话给我，让我快请假回来，要不只怕是赶不上父亲最后的一口气了。

当天下午，我含泪赶到家时，父亲已从里屋的小床上，被抬到明间的地铺上，大哥伏在他的耳边，轻轻地告诉他："二子回来了！"

说完，大哥就退到一边。

父亲的身子动了动，很吃力地睁眼看了我一眼，随后，他两眼一闭，眼窝里立刻盈满了泪水……

一时间，我愣了，我不知父亲为什么落泪，我从来没见过父亲落泪。

那是我第一次见到父亲的泪水，也是唯一一次。

当下，我两眼一酸，泪水也随之大滴大滴地滚下来。

这时，站在我旁边的姑，抹着泪眼说："二子呀！你大，就想你呀，你怎么老是不回来？"

我一时喉咙发紧，什么话也说不出来。

还有什么可说的呢？说我工作忙，说父亲没让我回来，说大哥没通知我，说我没想到父走得这么快……什么都别说了。我就那么蹲在父亲的身旁，手握着父亲的手，眼看着父亲含着泪水走了……

温暖的石头

追 鱼

追鱼，海边孩子们的趣事。

大海退潮时，近海海滩裸露出一片片金灿灿的沙地和一道道顺潮水而下的海流儿。那些海流儿，大都连着内河，许多贪食的鱼儿，逆流而上，去寻觅上游河套里漂流下来的落叶和草籽吃，而忘记跟着潮水及时返回大海，便成了我们小孩子们捕捉的对象。如大嘴巴的沙光鱼、美人蕉似的小青鱼，以及大脸的花鲈鱼、小丁鱼，和那些鬼头鬼脑的海狗鱼，等等，都是我们最容易捕捉到的。

海边的孩子追鱼，有其独到的方法，选一处海流儿，逆流驱逐。且故意把流水踩出"扑嚓扑嚓"的声音，让鱼儿们如惊弓之鸟，闻声而逃！我们小孩子们跟在后面穷追不舍，很快就有鱼儿被捉到。有的鱼儿被追极了，还会纵身一跳，蹦上沙滩，自取灭亡。但大多数鱼儿，经不住我们小孩子追几个回合，不是被踩在松软的沙子里，就是被一脚踢上沙滩。偶尔遇见一条大鱼在溪流中逃窜，我们小孩子们会像鱼鹰水底抬鱼那样，一哄而上，群起而攻之！那样的时候，谁先抓到鱼，那鱼就是谁的。若是发现死水泡子里有无法游动的鱼在翻水花，我们的规矩是，谁第一眼发现的，那鱼就是谁的。这种捉鱼的规矩，海边的孩子传承了一代又一代。

一年夏天，连日大雨，又赶上上游盐河泄洪，整个盐区的盐滩、格堰，全都泡在水里。往日清晰可辨的沟河渠滩，此时沟通渠、渠连滩、滩连河，整个盐区，一片汪洋。可海水退去以后，恰好是我们小孩子们追鱼的好时机，许多大鱼滞留在内河的沟汊子里，我们小孩子们沿着河渠往上驱逐，追到吉庆家盐田边上时，一条大鱼"哗"的一下，从水沟里窜进吉庆家的盐田。

一时间，我们几个小伙伴都看到了，那是一条大个的花鲈鱼，少说也有五六斤重，它窜进吉庆家的盐田之后，脊背上方露出来的鱼翅，如同一把银亮的小扇子，在水中银光闪闪，我们小孩子一看到那诱人的"小扇子"，都知道那是一个大家伙，几乎是同时奔着那条大鱼追去。

可那条大鱼，在水中如同蛟龙一般，不等我们小孩子靠近它，"忽"地一下就窜出很远！尤其是在盐田的深水沟里逃窜时，所搅起的"个"字形水花，如同航空母舰在大海里航行一样壮观，速度非常快，我们小孩子们根本追不上它。眨眼的工夫，它从盐田的这端，跑到了盐田的那一端。而盐田那一端的吉庆他爸，发现我们小孩子追上来一条大鱼，他也很激动，迎面扑上去，想抓个正着。没料到，他扑了个空，那条大鲈鱼，在吉庆他爸去捕捉它时，来了一个急转弯，由北改东逃窜了，吉庆他爸从泥水里爬起来，再往东面追时，那条大鱼又改道往我们这边游来。我们一群孩子奔跑在水中，"稀哗稀哗"地迎上去，可那条大鱼闻水声所动，不等我们接近它，它又改道向西逃去。

我们紧盯着那条大鱼不放，它往西跑，我们就往西追；它往北逃，我们就往北追。好在盐田里的水不是太深，那条大鱼多次被我们追得放平了身板，露出白白的鱼肚皮，眼看唾手可得，它又击起水花，死里逃生，跳过盐田的格埝，向着旁边的盐田逃去。一旦它游进盐田的深水沟，立马就像箭一般，"弹"出去很远！但我们捉鱼的人多，总有人在深水沟两头堵截，尽管那条大鱼一次又一次地躲过我们的堵截，逃过一劫又一劫。但最终它还是被我们小孩子中一个叫泥猴的小伙伴按在泥里了。

泥猴掐住那条大鱼的鳃，拎起来准备回家报喜时，吉庆他爸忽而在我们身后大喊一声："嗨，你们给我回来！"

我们小孩子误认为吉庆他爸不仗义，想抢我们小孩子捉的鱼不成？没料到，吉庆他爸指着他的盐田，怒声吼道："你们赔我的盐田！"

刹那间，我们回头一看，哇！吉庆家的盐田、格堰，被我们踩成了一片烂泥滩。

追
鱼

乡间早吃

乡间的早晨，原本没有什么好吃的。无非是稀饭、煎饼、咸菜，我童年的记忆里就这些，而且是一年四季都这样。

家庭条件好点的，可以炒个熟菜。熟菜也就是炒个青菜、萝卜什么的。一般人家都舍不得早晨炒菜，费油也费柴，主要是早晨炒了熟菜，中午怎么办？中午才能炒菜吃煎饼。

早晨，就是稀饭、煎饼、咸菜。就这，还不能一起床就吃，一起床要下湖干活去，干上两三个钟头，肚子饿得实在受不了啦，这才回家吃早饭去。那样，也别管是稀饭有多稀，煎饼有多硬，咸菜有多咸，逮着就往肚里扎。要不饿得慌！

我小的时候常听大人们吹嘘，谁谁谁，一顿喝了一大盆稀饭；要么说，谁谁谁吃饭不顾人，一家人的稀饭被他一个人给吃光了，云云。

我们小孩子不下湖干活，但要等到大人们下湖回来一起吃早饭，甚至是大人们吃完了，我们小孩子再吃。在大人们下湖干活还没回来时，我们可以躺在被窝里假装睡觉。其实，那时间早就睡醒了，只是躺在被窝里懒着不起来罢了，锅屋里娘烧火煮饭的声音，包括院子里鸡、鸭争食声，都听得一清二楚！最使我们小孩子们心动的一个声音，是小街上来了卖香果子的（卖油条的），那声音我至今还记得，喊呼起来是这样的——

"哎——哟——来大果子——"

原本是香果子，可喊出来却是大果子，多馋人呀！

那些喊卖香果子的，大都是乡间的穷孩子，他们自家并不炸香果子，香果子是租人家的。租价大都在三分二厘一根，卖出去是四分钱一根，再想多卖，就没有人要了。那些卖香果子的小孩也就是十二三岁，他们一大早穿件破棉袄，腰间扎着草绳，找根小树棍儿挑着一个小竹篮子，篮子底下垫些稻草，几根有数的香果子，就那么斜躺在篮沿上，大街小巷地，接连不断地喊呼，使乡间的早晨，无形中多了些情趣和活力。

我们小孩子听到那声音，喉咙里馋得直咽口水。但不能跟大人提出来要买，因为那是不可能的事。谁家有钱能吃得起香果子呀，头痛发烧了也不行！家里来亲戚，还要看是什么样的亲戚，一般的亲戚根本不行。新女婿上门差不多！一根香果子钱，可以买两盒火柴，买八根绣花的针哩，那能让家里人用多长时间。如果你用它买了一根香果子吃了，眨眼的工夫下肚了，啥也没有了，多可惜！爹妈经常这样教育我们小孩子。

但我们小孩子馋呀，很想知道那香果子到底有多香。有时，一听到小街上那喊呼声，就在床上躺不住了，总想起来跑到小街上去看看。看谁家买香果子了，买了几根，是用筷子串着买走的，还是用他小竹篮里带油的稻草捆着走的。好像就这么看看也能解馋！

印象中，后街剃头的仲大嘴，西街杀狗的王狗瘦常买香果子吃。

王狗瘦买了香果子怎样吃，他不让我们小孩子看到，买时也悄悄的。把那卖香果子的小孩，叫到一旁背风的墙根，先付过钱，不声不响地用那篮子里的稻草，扎几根果子就到村西头田寡妇家里了。

听大人们说，王狗瘦跟田寡妇相好。我们小孩子不懂他们啥叫相好，我们只看到王狗瘦把油条拿到田寡妇家里了，挺让人眼馋的！

仲大嘴会瞎喳喳。他明明听到卖香果子的喊声来到他门前了，但他就不出门，非听到人家走远了，他再站在小街上喊呼：

"哎！卖香果子的。"

其实，就这一声，在乡间的小街上，你走得再远也听到了。

可仲大嘴就怕人家听不到，还要声音更大的喊呼：

"卖香果子的，过来过来过来。"

那卖香果子的小孩，可能也猜到他会来这一手，根本就没有走远，即使走远了，也在留意着他仲大嘴会不会再喊他回来。所以，仲大嘴这边一喊呼，对方早有准备似的应道："哎！来啦——"

"快点快点快点！"

仲大嘴一口气把几个"快点"，全连到一起了。好像他有什么急事似的，其实，他什么事都没有。他就那样的人。

"买几根？"对方问他。

仲大嘴不吭声。

仲大嘴很在行的样子，先要褒贬人家的香果子个头小了、油不足了、怎么软塌塌的不如昨天了，怎样怎样。最后再翻来覆去地挑两根他认为是大个的捏在手中，但他不马上吃，总要放在房梁上吊挂的"气死猫"里，等下湖干活的男人回来从他门口路过时，他这才一手端着冒着热气的白糖水，一手捏着那香果子，蹲在门前吃。

这时候，总有人跟他打趣，说他吃的那玩艺，像个长长的什么东西。

仲大嘴也不生气，好像他就等人家说他似的。

等有人提醒他："别噎着了！"

他还真打嗝了！

有时，仲大嘴把香果子揪成一段一段的，泡在碗里的开水里吃。那样的时候，他不会噎得打嗝。但一准是田里干活的男人回来得晚了，或是他买的果子太早，凉了！只好用开水泡着吃。

我们小孩子想：仲大嘴的那种泡着吃的方法有些浪费，有好多油珠子都粘到碗边上了，我们小孩子站在一边看得可清楚了。真的！

早 茶

六叔的一天，是从烧水、喝茶开始的。

每天天不亮，他就在靠墙角的泥台子上，支把泥壶烧水了。

壶，是乡间烧制的那种高粱、大肚、壶底深深地凹进壶肚里的黑泥壶。旺旺的小火燃在壶底，不会有丝毫的火苗废在外头。

烧水的秫秸，头一天午后晒脆了收进屋来，待次日早晨，要烧水时再用锤头轻轻颠裂，两头一尾或一尾两头地将三根秫秸搭配开，让火苗儿旺到最后，正好一壶水也就烧开了。

这壶水，若六叔自己喝，也就足够了。可偏有茶客们不等六叔把那壶水烧开，就手托着烟袋，一路咳嗽着，推开六叔家临街的那扇柴草门，问候都不用问候，进来就摸个草墩子，或是找条断腿的小板凳坐下了。

都是乡间的老人，抽了一夜的旱烟，一大早来喝口茶润润嗓子。如西街杀狗的王狗瘦，后街剃头的仲大嘴，都是六叔家的常客。他们来的次数多，但都不白来。乡里乡亲的，谁给谁一点好处，心里都是有数的。像剃头的仲大嘴，手里不缺零花钱，隔三差五地就带块茶砖，那种茶砖有火柴盒那样大，很便宜，七八分钱一块，一块能喝三五个早晨。有时仲大嘴也秤二两诸蓝，尽管那是茶叶中比较孬的一种，可喝着总比茶砖好，就这还不能常喝，太贵！比茶砖贵不少。王狗瘦呢，虽不带茶砖诸蓝什么的，可他家里杀狗，常带块狗骨头或扒去皮肉的狗头什么的，给六叔解解馋。啥都没有的大奎他爹，就让大奎给六叔担水。专到远处担甜水。

这些老人，一早晨凑到一起，穷啦乎啦乎，是很开心的。偶尔哪个早晨谁没来，还要相互念叨哩——

"哎！王狗瘦怎么没来，搂他婆娘睡过去了不是？"

"操！他那个麻脸女人有什么好睡的。"

"没准，又去西街田寡妇那儿了。"

王狗瘦和田寡妇相好，都好多年了。村里人都知道，他自家那个麻脸女人也知道。知道了也不去管他，管也管不了。

"王狗瘦就那德性！"

"嗨！还别说，这也叫本事。"

"……"

正说着，就听门外一声咳嗽。王狗瘦来了，手里正拿着半块热乎乎的狗头呢。进门先递给六叔。

"老六，你尝尝，这是条老狗。香呀！"

六叔也不客气，接过去，转着圈儿想找个有肉的地方，找半天也不知在何处下口，就那么对着一块有板筋头的地方咬下去，且连歪头带瞪眼地拧上一阵，也不知咬到一点肉没有，就连声说：

"香！真香！"

随手把那骨头再递给一旁的仲大嘴和大奎他爹。他们啃了，都说：

"香！"

"真香！"

这时的王狗瘦，就很得意地样子，笑。

回头，喝茶时，自然要把田寡妇放在口中"嚼"。

多是剃头的仲大嘴引头，问："今夜，去没去西街（指田寡妇那儿）？"

仲大嘴是个光棍，最爱说些那个。

王狗瘦露个大豁牙，说仲大嘴："你认为那东西是蜜罐子？那是个卤坛子！"

仲大嘴说："幸亏是个卤坛子，要是个蜜罐子，你还抱住不松手哩！"

大伙儿都笑。

仲大嘴和王狗瘦也笑。

等真扯到田寡妇的"细处"时，王狗瘦还真说了田寡妇身上的许多好处。

仲大嘴那个美哟！好像他自己也去了一回似的。

赶问到那个早晨的茶好不好喝，水甜不甜，是哪口井的水时，六叔是最有发言权的。

小村不大，吃水井有五六口。每一口井的水，口感（甜或咸）都不一样。六叔都能一一品出来。

可王狗瘦不行，他每天尝狗肉汤尝的，什么东西到他嘴里也没了味道。可大奎他爹偏要考他，好像是炫耀水是他家大奎担的似的。

"怎么样，今早这水还中啵？"

大奎他爹经常这样问王狗瘦。

王狗瘦每回都点头，说："中！"

"能尝出是哪口井的？"

"嗯！再让我尝尝。"

王狗瘦呲摸咂摸嘴，明明是东沙岗上的，他偏品出是西街田寡妇家门前那口井的。

这就得把田寡妇再搬出来"嚼"一遍。

等六叔发话时，那才是一句一个准儿。

有一回，大奎在东沙岗挑两桶水，走到半路，绳扣断了，两桶水还剩下不到一桶。再回去重挑，桶里还有大半桶水。不回去挑，桶里的水所剩无几了。大奎一琢磨，就近到田寡妇家门前的井里又打了一桶，挑到六叔家也没吱声，往缸里一倒就走了。

第二天一早，六叔端着茶碗，怎么品，怎么不是味。末了，他一口咬定，这水被大奎搅合了，并指明是东沙岗的水和西街田寡妇门前的水搅合了。

几个老哥们不信，找来大奎一问，还真是那么回事。

早
茶

喝　粥

　　20 年前，我在金山中学复读的时候，每天傍晚放学以后，学校还要专门为我们住校生再敲一遍铃铛，告诉我们食堂的粥熬好了，各班的值日生，听到铃声以后，可以到食堂打粥了。

　　其实，好多时候，用不着等到敲铃铛，值日生就已经拎着饭桶早早地等在食堂门口了。倘若敲铃铛的时候，当天的值日生还在教室里写作业，旁边的同学就会提醒他，甚至毫不客气地督促他：快去食堂打粥！

　　那时间，粥是我们住校生一天中最美好的期待！因为早晨和中午两餐，学校只供给我们白开水，就着自家带来的干煎饼。只有晚上一顿，学校为我们住校生熬一顿白米粥。当然，熬粥用的米，是我们住校生自己带来的。每个星期天下午，我们住校生归校时，都要从家里带一小袋白大米，统一交到学校食堂。之后，从周一到周六的晚上，就能分享到二两黏稠、喷香的白米粥。

　　这里说的二两白米粥，是按照我们每周投进的大米数量推算的。每天能分到我们碗里的粥，就是值日生手中的那极为诱人的一勺子粥，装在碗里，半满不浅的样子，还想让值日生再给装点，那是不可能。因为值日生搭来的那一小桶大米粥，在学校食堂里就已经斤斤计较了。他要保证让每个"投米"的同学当天都能喝上粥。所以分粥的时候，值日生谨小慎微，生怕当天打来的粥不够分的。第一轮分粥时，首先保证每人一勺子粥，分到最后，一般都所剩无几。如果第一轮分过之后，桶底确实还剩一点，那也要蜻蜓点水一般，每个人碗里再点一点，那怕是一点点，也要点到。否则，没有"点到"的同学，嘴上不说，心里也会记恨。

温暖的石头

那种分粥、喝粥的方式，看似非常平均、公正，其实不然，问题出在分粥上。掌握饭勺的同学，也就是当天的值日生，和谁关系好，稍微把饭勺往桶底扎一下，再慢慢地抬起来，装到你碗里，保准是干的、稠的、满的。否则，同样是一勺粥，效果却大不一样。

为了解决分粥不均的问题，大家想出了不少办法，比如：值日生要轮班换，不能固定在哪一个人的身上；其次是，分粥时，饭勺要在桶里上下搅动，等等。尽管如此，还是不能保证绝对平均。我们复读班里，二十多个住校生，来自县北三四个公社，原本就是一个个小团体，很难把分粥的事解决好。

我们同乡来的张守航、王其超还有我，在一个周末回家的路上抱成一团。最先挑头的是王其超。那家伙个子不高，主意多多，他说只要轮到我们三个人中的某一个人值日，就要保证我们三个人碗里的粥是干的、稠的、满的。为此，其超想出了不少歪主意。比如：搅粥的时候，不要把勺子扎得太深，要适当地给自己留有"余地"；再者，打粥时，不要过早，也不能太迟，赶在中间，正好能把勺子扎到底去；当然，最主要的是喝粥时，不要和其他同学挤在一起，以防被人看出破绽。

应该说，其超的那些招数，都是十分可行、有效的。因为，我们确实从中受益了。但那样的日子毕竟太少了！一个月当中，我们合起伙来，也只能拥有三四天的值日权。

尽管如此，我们还是无比期待我们"值日"的好日子。

后来，说不清是哪一天，我和守航忽然发现其超碗里的粥，见天都比我们碗的粥稠，而且，每天喝粥的时候，他都远离我们俩。慢慢的，我们感悟到：其超那家伙背着我们俩，可能又和其他公社的同学加入了联盟。

喝
粥

大　哥

大哥是"文革"期间的高中生。

恢复高考的那年冬天，大哥想去应考，可翻出书本后，书本认识他，他不认识书本了。大哥很无奈地退缩了！转过年，大哥鼓励正读高二的我："你要能考上大学，我给你买双皮鞋！"

那时间，大哥在县化肥厂干"合同"。他刚买了一双很让我眼馋的皮鞋。可好，那年夏天，我考上了石油学院。

接到通知的那天晚上，父亲请大队干部和本家的叔叔、大伯们到我家喝酒，大哥也专程从县城赶来为我送行。原认为大哥会带双皮鞋给我，没想到他在酒桌上只字不提皮鞋的事了。

当晚，客人们走后，大哥单独把我叫到小院的石磨旁。大哥说他自己买皮鞋时，借人家的钱至今还在还账，他让我等到春节。大哥咬着牙根儿，向我保证："哥说过的话，一定兑现。"

我扑闪着眼睛，看着大哥，说："行。"

大哥说："我们一言为定，寒假里让你穿上皮鞋。"

我喜出望外！

寒假归来，大哥果然给我买好一双皮鞋，交给我试穿时，大哥叮嘱我："下雨天不要穿；早晨有露水时不要穿；走远路时不要穿……偶尔穿一次，及时上点油，仍然跟新皮鞋一样！"

我听了大哥的话，年初一早晨我都没舍得穿它。

大哥说："在乡下，穿不出什么好歹，还是带到学校再穿吧。"

过了年，初十开学。

初八一大早，大哥扛着行李、拎着那双皮鞋，送我到县城汽车站。本打算把我送上车，可进站时，大哥被检票员一把拽到一旁："送亲友的，请自觉站到一边去！"

一语未了，我身不由己地被后边的人群和行李推进检票处的铁栏门。

我大声喊着："哥……哥！"并高举双手，从晃动的人头上空，接过大哥递过来的行李，好不容挤进车厢后，我才想起大哥手中的皮鞋没给我。

于是，我忙跑到后排找了个靠窗的位置，把身体伸出车窗半截，以便汽车开出大门口的一刹那，能接到大哥的皮鞋。

岂料，大哥在大门口所站的位置，正好与我的座位方向相反。我没接到皮鞋。

回校后，我给大哥写信，让他把皮鞋寄给我。我在信中跟大哥说，新学期开学以后，班里好多同学都穿上皮鞋了。

很快，大哥按照我说的办法，把皮鞋寄来了。可当我打开包裹一看，顿时愣住了——大哥寄来的皮鞋，是他脚上穿的那双！

附言中得知，那双新皮鞋，大哥在车站送我时，连同行李一起扔给我了……

大
哥

小　妹

小妹从未出过远门，听说我要去苏州，她也要去。小妹拐弯抹角地问我："哥，你去苏州的钱够不够?"

我说："够!"

"不够，我这里有。"

我说："够!"

小妹那时间高考落榜，已经在乡财政所上班，手里有些钱。小妹问我："苏州好不好玩?"

我说："上有天堂，下有苏杭。当然好玩了!"但我不知道她要跟我去苏州。

小妹说："我想跟你去!"

我一愣，嘴上说："好呀!"

可实际上我不想带她。

去苏州，是我和徐州的女友私下约定的。当时，我和女友的关系还处于朦胧状态。怎么好带着小妹呢!

可小妹硬要去，并在我启程的前一天，就和单位领导请好假了。无奈何，带就带上吧，反正是自家小妹。

路上，我没好跟她说徐州还有人等着我。可徐州站转车时，小妹一看站台上有人接我，就觉得"苗头"不对。还没等我介绍，小妹就觉得自己"碍眼"了，主动提出来要回去。

小妹说："哥，我得回去。"

我说："回去干什么，一起玩吧!"

小妹不吱声。

小妹硬坚持要走。她还诌了个理由，说她把单位的钥匙都带在身上了，她不回去，别人进不了门。

我看这样让小妹回去不好，就和女友留小妹在徐州玩了一天。晚上，小妹非要赶夜间的火车回去不行。

我和女友送她到火车站。

站台上，小妹拿着返程的车票，突然问我："哥，苏州都有些什么景点？"

我一愣，问她问这个干什么？

小妹两眼闪着泪光，对我说，她来时和单位同伴们说好去苏州的，现在不去了，回去是很不好意思的……她让我把苏州的主要景点跟她说说，她回去就说去过了苏州。

听了小妹的话，我心里为之一揪！

我愣愣地看着小妹，好半天，我才对她说："暑假，哥哥回来后，专门带你去苏州。"

小妹眼含泪花，冲我点点头。

不能作美的是，那个学期，我因和女友接触太多，六门功课，有二门不及格。暑假里，我被迫留校补考……

后来，走向工作岗位以后，又因这样那样的原因，直至现在，我也没带小妹去趟苏州。

好在日子还有，苏州还在。我计划选个时候，或许就是明天，一定带小妹去趟苏州，或更远的地方，让小妹好好饱览一下外面的世界。

小
妹

三　弟

三弟不想学习，想当兵。

三弟给我来信，让我在征兵的那几天，务必回去一趟，找找乡里干部，或是武装部长什么的。

我刚出校门，上下没有什么关系，回去又能怎样。我给三弟回了封信，让他去找我父亲过去的同事。我父亲过去是乡党委委员。两个月前，乡党委换届，父亲落选了。

三弟接到我的信，第二天就找到城里来。三弟说："找谁都是假的，还是你回去吧，哥!"

我说："你没去找找父亲当年的那些同事？"

三弟说，人家看我父亲不在那个位置上了，能推都推了。

"找没找吴叔，吴部长？"

父亲在位的时候吴部长为我三弟当兵的事，是打过"包票"的。

三弟说："你别提他了，坏事就坏在他手里!"

三弟说，今年城市兵少，全乡只给了两个名额。开始吴叔（吴部长）同意他去。后来，看乡长、书记都塞人来，就把他给刷下来了。

我笑说："这很正常。"

三弟说："吴部长让我进城来找你。"

我说："找我有什么用？"

三弟说："吴部长叫你在市里单独要个名额。"

我说："这怎么可能呢？"

三弟给我举例子，说是吴部长说的，去年，还有前年，谁谁谁，谁谁谁，都是从市里单独要的名额走的。我说："别听他瞎扯蛋，他这完全是托词。"

三弟不吱声。

三弟一大早进城来，大半天过去了，还汤水未进哩。我爱人给他煮了一碗热腾腾的鸡蛋面。我说："先吃饭吧！"

三弟摇头，说不饿。

我说："你一大早到现在都没吃饭，怎么能不饿呢。赶快吃！"

我爱人把筷子硬塞到他手里，他这才勉强去接碗。可刚吃了两口，又把碗筷放下了。他说他一口也不想吃。

这时候，我爱人提醒我："你去找找王兆华看看？"

王兆华是我高中的同学，在市委宣传部文化科工作。

我说："宣传部又不是征兵办，找他怎么行？"

我爱人说："再看他有没有这方面的关系？"

我想想也在理。但我没有吱声。

三弟看我不吱声，就觉得有希望。三弟说："哥，我跟你一起去？"

我看他穿得有些"土"，就说："你别去了，在家等我消息吧！"

三弟不吱声，可他的眼睛直盯着我。

我心里被他盯得毛毛的，但我知道这件事，十有八九是没有希望的。原因是我那同学虽在市里工作，可他不官不长的，他又能"搬"动哪个呢？

结果，和我预料的没有两样。

回头，我返回家门时，三弟看我脸色不对，猜到事情没有办成。没等我开口，他自个儿先把头低下了。我想把具体情况跟他说说。可他没听两句，就起身要走。

那时间，天都快黑了。

我和我爱人留他过一夜，第二天再走。可他说什么也不肯。想必，三弟是恨我这个做哥的无能，或是别的什么原因。

三
弟

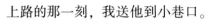

上路的那一刻，我送他到小巷口。

我说："回去好好念书！"

他不吱声。

当时，他还在读高三。

我说："过几天，放了寒假你再进城来玩！"

他仍旧不吱声。

巷口分手时，他始终没有回头看我，我猜到，他一准是哭了。

那一年，他刚好 18 岁。

温暖的石头

大表姐

　　新婚的大表姐，穿一件很靓丽的小花袄，挽一水红的小包袱，走在我们村前的小河堤上，与后边的大表姐夫相隔好长一段距离。

　　村头，好多站闲的人，都猜到他们是新媳妇走亲戚的。但都不知道是来我们家的。等我妈妈打着眼罩迎出小巷口时，好多村邻，尤其是孩子们，都跑来观看。

　　在这之前，家里人已猜到大表姐会和大表姐夫到我们家来认亲戚。但就是拿不准是哪一天，所以他们真的来了，家里人并不感到意外。

　　妈妈老远接过大表姐的小包袱，还摸出里边的糖果，分给孩子们。

　　大表姐被孩子们团团地围住，妈妈好不容易把孩子们喊开，紧拉过大表姐的手，扯大表姐到小西屋的床沿上坐下，妈妈说："哟！他姐夫人长得不错。"

　　大表姐含羞带笑地说："什么呀！瘦得跟猴子似的。"

　　妈妈说："好你个死丫头，臭嘴。"

　　大表姐笑。

　　妈妈说："他姐夫，还镶着金牙哩！"

　　大表姐说："那有什么用，也不能当饭吃。"

　　大表姐说："他家里穷死了。"

　　妈妈轻叹一声，说："哎！穷就穷过呗。"

　　妈妈还说，谁家也不富有。

　　说着说着，妈妈坐不住了。妈妈有一搭没一搭地跟大表姐说些闲话，并来回在小里间门口给父亲递眼色。

父亲只顾陪大表姐夫在外间的小桌上喝茶、拉呱儿，等他看妈妈给他递眼神时，父亲还假装什么也没看见，继续跟大表姐夫说话儿，好在这时候有一群鸡围到门口找食吃，父亲趁机起身驱赶，妈妈随后跟了出去，轻扯父亲到小院的石磨旁。

妈妈轻拍着手说："你光和他姐夫坐在那儿喝水，等会儿，吃什么呀？"

父亲说："昨天换的豆腐，还有没有？"

妈妈说："昨晚上吃了一顿，还剩了两口，早晨小二子上学时，包了煎饼了。"

父亲说："那家里还有什么？"

妈妈说："除了几个鸡蛋，还有什么？"

父亲喉咙滚动了一下，思谋良久，说："光吃鸡蛋，怕是不行。"

父亲说，他大表姐夫头一趟来，怎么也得割点肉才是理儿。

妈妈说："你就知道嘴上说，钱呢？"

父亲无言。

妈妈给父亲出主意，让父亲诌个理由，去供销社找那个站柜台的王胖子借。

父亲沮丧着脸，一声没吭地走了，看样子也只有这条路了。

还好，当天的饭桌上，果然是端上肉菜了。妈妈手持筷子，不停地夹来夹去。妈妈说："吃呀，他大表姐夫；就着呀，他大表姐夫；锅里还有呀，他大表姐夫。"

可大表姐夫初次登门，怎么说，还是有些不大好意思，饭菜没吃几口，就放下了碗筷，谎说吃饱了。

妈妈不依，鼓动大表姐夫再吃点，可大表姐夫怎么也不好再吃了。

妈妈看大表姐夫真的不吃了，就把大表姐夫剩的半碗肉菜，端给一旁的大表姐。妈妈说："这是他姐夫剩的，你吃了吧。"

大表姐说："留给表弟吃吧！"

妈妈说："你吃吧，锅里还有。"其实，锅里连汤都没有了。

大表姐可好，当真把大表姐夫剩的半碗肉菜给吃光了。

当场，妈妈直夸大表姐实在，说大表姐夫没吃饱，弄些虚客套。

可当天，送走了大表姐和大表姐夫后，妈妈和父亲往回走时，妈妈悄声和父亲嘀咕说："看他大表姐，也太实在了，他姐夫剩下的那半碗肉菜，我想留给小二子，让她都给吃了。"

大表哥

恢复高考的那一年，舅家大表哥在预考中拿了全公社第一名。20 天后，参加全国统考，他竟然榜上无名了。

这个结果，对大表哥打击很大。

因为预考后，乡邻、亲戚，还有公社分管文教的乡长什么的都到舅家来道喜，都说舅家大表哥要中状元了！可谁又能想到，他会在统考中名落孙山呢。

大表哥平时话很少，这一来更蔫了，见谁都没有话了。

好多人来劝他再复习一年，他摇头不语。你再问得狠了，他说他不想再去丢人现眼了！

这期间，村支书看大表哥有文化，钢笔字写得也好，就动员他到村里做团支书。大表哥几乎没怎么考虑，就答应了。

那还有什么考虑的？那样的差使，对一个农村青年人来说，做梦都梦不到。

这以后，大表哥留着风扬头，别着钢笔或圆珠笔，经常骑一辆亮闪闪的自行车，到公社开会，时不时地还夹本《中国青年》什么的走在小街上，眼热了一村的青年人。

这一天，村支书把大表哥叫到他家里谈了一次话。

村支书问大表哥："你今年多大了？"

大表哥说："虚岁二十。"

"噢，不小了。"村支书说："该找对象了？"

大表哥脸红了红没说什么。

支书婆娘一旁插话，说："我有个娘家侄女，长得可水灵了！回家跟你爹妈说说，看看中意不中意？"

大表哥回家一说，舅和舅母都喜得摸不着门，攀上官亲了。

在乡下，攀上官亲，处处都高人一等，想盖房子，有宅基地；小孩想当兵，村里能帮你说话……以至计划生育政策对你都是倾斜的。

可大表哥去相亲后，没怎么看上我后来的大表嫂。

大表哥嫌人家的嘴唇太厚。其实，就是嫌大表嫂太丑！大表哥不好意思说出口罢了。可舅和舅母都说"丑媳妇、赖瓜、破棉袄，庄户人家的三件宝"，硬逼着大表哥同意了。

过后想想，舅和舅母当时的心态，就是为了攀上门官亲。

不能作美的是，大表嫂过门后，一个劲儿地尽生丫头。

大表嫂生头一个丫头时，取名叫小香。怎么说，那时间大表哥还是村里干部，生个女孩也香喷喷的。

可转过年后，大表嫂又怀上了。原想这回该生个小子了，没想到接生婆帮大表嫂排除了困难后，又是个丫头。

那阵子，赶上计划生育抓得紧，舅家的那门官亲，也因为包庇大表哥生二胎，被上头把官衔给撸去了。

随后，大表哥也不能再当团支书了。

不当团支书的大表哥，更想生儿子。没等小二丫满月子，大表哥就撒谎，说小二丫生病死了。其实，是让大表哥抱送给大表嫂娘家妈给喂着了。

村里干部也都知道大表哥做了手脚，好在那时间，大表哥当干部刚下台，新上来的村干部对他有些不大好意思，睁一只眼、闭一只眼也就过去了。

转过年，大表嫂又怀上了。

这一回，没敢在当地生，跑到三十多里外的大表嫂一个远房的表姐家生的。

当时，大表哥也拎着小包袱跟着去了。

还没生之前，大表哥就跟大表嫂商量好，要是生个小子，就堂堂正正地抱回来，随村里怎么处理去吧。要是再生丫头，干脆就在当地送给人家算了。那样，过个年年把把，还可以再生。

结果，还真是个丫头。

当下，大表哥蹲在产房门口抱头叹了长气，他连问都没问大表嫂，在地上拣一块破烟盒，写上生辰八字，塞给那远房的亲戚，叫人家给打发个主儿吧。

那远房的亲戚裹好了小包被，真要送人时专门走到大表哥跟前，想叫大表哥看一眼，可大表哥蹲在地上连头都没抬一抬，挥挥手，说：

"抱走吧！抱走吧！"

这以后，大表哥就像个霜打的茄子似的，干什么都没了精神。

那年春节，我们表兄弟约好去看舅舅，顺便也想安慰一下大表哥。

当时，大表哥已和舅家分开过了，大表哥怕再生孩子，村里扒房子什么的连累了舅家。

六根胡萝卜

晚上，我都洗脚上床了，又想给家里人写封信。

想家，是一个方面。主要是肚子饿得咕咕的，想写信跟父亲说说，再给我寄点粮票。

入学前，家里人挑了 118 斤地瓜干，在公社粮管所给我兑换了 36 斤全国粮票。

按规定，那年每个考到外省的大中专学生，凭入学通知书，只能到当地粮食部门兑换 30 斤全国粮票。父亲是托了熟人，才给我多换了 6 斤。

送我上路的那天早晨，塞给我几盒纸烟让我分给沿街的叔叔大爷们抽。

那时刻，父亲满脸都是喜悦！

出了村，父亲把我手中装脸盆、毛巾的网兜也要过去，拎在他的手中。父亲说我要走很远的路，让我先歇着。

父亲叮嘱我："要常给家里打信。"

我说："行！"

"要专心钻书本。"

我紧咬着嘴唇，没有吱声。

"不要心疼粮票……"

父亲说，在家千日好，出门一日难呀。让我不要饿着肚子。父亲说西巷二华他三舅有个表姨夫还是表叔的，在月家沟粮站，找到他可以兑换到全国粮票。父亲让我先到学校看看，要是学校的饭食不够吃，及时给家里写信。父亲说他会想办法的。

我听父亲的话，给父亲写信了。

我跟父亲说，学校的粮食确实不够吃，每月只给28斤粮。早晨，一两稀饭，一个馒头，吃到肚里，半饱不饱的，挨不到中午就饿得浑身直冒虚汗。晚上，还是一个馒头，一两稀饭，晚自习结束后，总想吃东西。有时，半夜里饿醒了，起来尽喝开水，也不顶事。

父亲接到信，很快寄来粮票。让我务必吃饱了再念书。父亲说，妈妈听了我写的信，都抹过几回泪水了！

我后悔，不该把什么都告诉家里人。可不那样，又怎么好跟家里要粮票呢。

还好，有了粮票，我每天早晚各加一个馒头，那样就不冒虚汗，不需猛劲儿喝开水了。

这以后，父亲隔三岔五地就给我寄些粮票来。虽说每回寄来的不是太多，但能保证我加餐不挨饿。

这期间，父亲还写信嘱咐我，如果早晚各加一个馒头不够的话，让我再加一个。父亲说，当年的新米快下来了，到时再换些粮票寄来。

我按父亲说的做，真的又加餐了。

因为父亲不断地给我寄粮票。

寒假，我背着好些书本回家看望爹妈。走进村已是掌灯时分，家家户户正吃晚饭。

进门，家里人正坐在昏黄的灯光下，围着一只瓷盆吃胡萝卜。

我心里为之一怔！

心想，再过几天就是农历大年了，家里人怎么只吃胡萝卜。我默不作声地搬个马扎坐在桌头。半响，才压低嗓音问父亲："晚饭，就吃这个？"

父亲不语，抓过一只空碗，在盆里挑了六根大个儿的胡萝卜递给我，说："先吃几个垫垫，回头，让你妈给你重做。"随后扭过脸，口中随之响起"咕吱、咕吱"的咀嚼声。

听到父亲口中响声，我知道那胡萝卜，一准是入冬后都冻透了，即使是煮熟了，也很难嚼烂。

这时候，我留意到灯光中爹妈的脸色，和小妹一样蜡黄，消瘦。

当下，我似乎意识到什么，转过脸来问一旁的小妹："家里每天都吃这个？"

小妹不语。

好半天小妹才说，家里的粮食，父亲全都托人兑换了粮票。

那一年，是恢复高考的第二年。生产队只分给我们家 42 斤小麦，160 斤稻谷。

我默默地看着桌前的爹妈和小妹，半天含泪无语。末了，拿起一根胡萝卜，一口还没有咬下，两行热泪却止也止不住滚下来……

六根胡萝卜

上　路

离村九里路，才是公路。因为公路在村东，村里人都叫它东公路。

大学的第一年寒假，我要返校的头一天晚上，妈妈一边给我包着上路的饺子，一边小声嘀咕："也不知东公路的车是几点的？"妈指的是第二天早晨的车。

当时，我父亲在外面工作，家里面的事情都是我爷爷张罗着。

第二天早晨，我还在睡梦中，就听爷爷站在院子里跟我妈妈说："下雪了！"爷爷还小声嘀咕说："上半夜还好好的，就到了鸡叫以后，天气就一阵不是一阵了。"听话音，一夜间，我爷爷已经起来几回了。妈妈点亮床头的灯，问："那怎么走？"

爷爷没有吱声。

过了一会儿，妈端着灯，推开我的小里间门，跟我说外面下雪了，问我能不能推迟一天走。我从被窝里支起身子，说："不行。"我没说开学的日期已经到了。我只说："下雪也得走！"

爷爷知道我非走不行，就去外面草棚里劈柴禾。等我起来洗脸时，两大碗鼓弯弯的饺子已经煮好了。妈坐在桌子对面，不停地往我碗里夹着饺子，一个劲儿地鼓动我："多吃几个，路上还经饿。"

那时，门外的雪尽管还在下，可爷爷已默不作声地把雪路扫到小巷外头了。

回头，妈给我拎着包，送我到巷口的时候，跟我爷爷说："要不，让西巷三华开手扶机子送送？"

爷爷略顿一下，说："自己走吧，都十七八的人啦！"

我也说不用送，我在北方上学，一个冬季见这样的雪天，多了！

妈不放心，说这样的雪天，还不知东公路上有没有车了。妈拽着我的包有点不想让我走。

爷爷仍旧没说什么。

我说能走。妈还是不放心，跟着走出小巷后又目送了我好远，让我到了学校，就打信来。我"咯吱咯吱"踩着积雪，迎着满天飞舞的雪花，一路磕磕绊绊地走到东公路时，头上、衣服上，结满了冰雪，而里面的衬衣却被汗水浸透。

公路边，我站了一小会儿，就觉得身上发凉！幸好那时间一辆过路的客车开过来，好多等车的人都往上挤，我站在三层人后面，因手里拽着包，眼睛紧盯着车门，就是靠不到车跟前。混乱中，也不知谁在后面猛推了我后背一下，使我一步踏上了车门的脚踏板。

客车徐徐启动的一刹那，我无意中往车下送行的人群中一望，公路边的路牙石上，爷爷正抄着手眼巴巴地往车窗里面张望。那一刻，我才知道爷爷在雪地里一直默默地送着我，我忙向爷爷招手，爷爷好像没看见。

我想喊一声："爷爷——"，但我没喊出来。一时间，我只觉得喉咙发紧，两眼酸涩。

读　报

　　大学读书时，班里没有报纸。但学生食堂外面的马路两边设有报栏。每天早晨，我在饭堂里打一两稀粥，买两个馒头。两个馒头就稀粥吃一个，另一个夹上咖啡色的萝卜条，一边吃一边站在报栏前看报。

　　那阵子，《北京日报》正连载古华的长篇小说《芙蓉镇》。我看得很入迷。什么满庚哥、芙蓉女、吊脚楼主王秋赦等等，那些鲜活的人物和故事情节，我至今记忆犹新。

　　每天早晨，我不等把一个馒头吃下肚，就急匆匆地跑去报栏前看报了。不能作美的是，报栏里就一张《北京日报》。可读报、看"连载"的人很多。有时我赶到报栏前，那儿已围着好多人了。我很少跟他们凑热闹。要么早去，不吃饭就去；要么最后只剩下两三个人时，再去。

　　这期间，我似乎意识到，有个女孩跟我选择的读报时间大致相同。她也是或早或晚，避开中间的"人流高峰"。她跟我一样，也是专看"连载"。而且，也喜欢一个人慢慢地看。

　　有时，报栏前就我们两个人，我们也不一起看。要么，她早我一步，她先看。我在一旁浏览别的报纸。要么，我早她一步，我先看。她假装很入神的样子，看着别的报纸。但那时刻我若一离开报栏，她马上就会站到我的位置上。

　　有天早晨，下起毛毛雨。我早她一步站到报栏前。她先是远离我，用手遮挡着头上、脸上的雨水看别的报纸。看着看着，她头上的雨水多了，她一边抹着头上的雨水，一边往我这边靠。我看她靠过来，就给她让出一点位置。她好像挺感激似的，冲我笑笑。但很快就把目光转向了报栏了。

这以后，我们又有几次一起看报。彼此间好像就是看报，谁也没有想别的什么。不知不觉中，我好像对她有了牵挂。若是她哪个早晨没来，或是哪个早晨我没见到她，总觉得少了点什么似的。也就在这同时，一年一度的寒假到了，我们各自离校。

　　寒假过后，《芙蓉镇》的连载结束了。那个和我一起读报的女孩，突然间也不见了。好多次，我在报栏前等她；我在饭堂里寻觅她。但始终没有再见到她。我觉得那个女孩挺好的。至今，二十多年过去了，我还那样认为。真的！

读报

代人受过

大学读书时，我们宿舍的王川和他上铺的张力不对眼，先是背地里各说对方的坏话，接下来俩人单独在屋里时，关门的声音和往桌子上放东西的声音有些异样，等关系发展到俩人见面不说话时，我们宿舍的气氛就异常紧张了。尤其是大伙都在屋时，谁都不好多言语了，生怕"暖"了这个，"凉"了那个。

有天晚自习后，张力夹着书本回来，发现他下午敞开的一扇窗户被谁关上了，当下拉下脸来，连问了两句："谁把窗户关上的？嗯，谁关上的？"

看没人吱声，他把矛头直接指向了王川，吼道："谁给关上的？"

张力在窗前晾了一双洗好的袜子，故意敞开窗户晾干后，晚上睡觉时好穿。张力是苏州人，非常爱干净，睡觉前要洗脚洗腚不说，还要换上一双干净的袜子才能进被窝。可河南农村来的王川，洗脸洗脚都是一个盆，哪里看得上张力那酸不拉几的样儿，背后说过张力不少爱"臭美"的话。

想必这关窗子的事，理应是王川干的了！但王川不吱声。他跟没事人一样，盯着手中的书本，睬都不睬暴跳如雷的张力。

张力呢，伸手试了一下袜子还是湿的，猜到窗户关上已久了，书本往桌上一掼，嘴里不干不净地吼道："怎么了，装鳖不吱声了？"

王川默不作声地坐视着事态的发展。张力呢，嘴里还在不干不净地嘀咕。眼看，战火就要燃起，这时刻，我说不清是出于什么目的，一口把"罪过"揽下来。我跟张力说："对不起，窗子是我关的。"

顿时，宿舍里一片沉静。几乎是所有的人，都不会想到是这个结果。

张力一听说是我关的窗子，就像是百米赛场上闯过彩带的运动员一样，立刻没了刚才的怒气。因为我们俩人的关系一直不错。

当晚，张力可能是唯一一次没穿袜子睡觉。第二天出早操时，张力专门跟我走在一起，悄悄地向我赔不是。张力说："昨晚的事，我不是对你的！"让我千万别往心里去。我笑了笑，故意问他："那你是对谁的？"

他说："我认为是王川干的。"

我拍了拍他，没作解释。大约过了两三天，有一天晚自习后，王川把我拽到教学楼北面的操场上，很不好意思地跟我说："我要好好谢谢你！"

我知道他说的是关窗户的事。我半天没吱声。我心里话，他张力爱干净就爱干净是了，关你王川什么事，别那么老是跟人家过不去。但我没想到，王川说他关窗子，不是故意不让张力晾袜子。王川说那天下午他感冒了，连课都没能去上，他晕晕乎乎地关窗子时，根本没注意到张力在晾袜子。我说："那你当时怎么不说清楚？"

王川说："当晚，跟他说了，他张力能信吗？"

我无言以对。

过后，我把这件事情的来龙去脉跟张力说了。张力为之一怔！他愣愣地看了我好半天，末了，他两眼盈满着泪光，默默地离我而去。

代人受过

心灵的印记

每当我随手画上那个小小的"#"字，或看到我画过的一个又一个的"#"字，我立刻就会想到梅子。

梅子是我大学同学。

有一天，教我们"高数"的老师，把梅子的作业纸（大学里做作业的专用纸），钉在黑板旁，给大家做样板。

梅子学习好，作业做得很板正。

好多同学对梅子的"样板"，不屑一顾。尤其是男生。

我不，我喜欢梅子。

我很仔细地看了黑板旁梅子的作业，并记住了梅子在作业中使用的"#"字。她每做完一道题，总在一旁，画上一个小小的"#"字，与下一题分开。

我觉得很有意思，等我再做作业时，也跟梅子学，在题与题之间的右上方，画上一个小小的"#"字。

不知不觉中，我心里有了"#"字，每回做作业时都用，不做作业时也用。有时，给家里人写信，也在信末日期的右上方，随手画个小小的"#"字。

那段时间，我觉得那个小小的"#"字很亲切！无论是写作业，还是在给亲戚朋友的信中，只要是提笔写上"#"字，我的眼前立刻就会想到梅子。

梅子是个笑起来很甜的女孩子。她不光学习好，人长得也好，我甚至觉得梅子说话的声音都比班里其他女生好听！

梅子对我也不错，喊我名字时，从不说姓，总是叫我后边两个字，听起来，也是很亲切的！

我似乎意识到梅子喜欢我。好多次，我从女生楼前走过时，眼睛总是盯着梅子的窗口张望。有时，能看到梅子的身影，那怕是背影，我都觉得愉快！记得有一天晚上，梅子洗过澡，穿件红毛衣，高耸着胸脯，站在窗前拧头发时的样子，很动人！

但我怎么也没料到，那年寒假里，我写信向梅子求爱，梅子装作什么都不知道，什么都没发生……直到新学期开学好多天后，梅子才约我到学院操场边的小树林里见面。

印象中，那晚月照极好！

溶溶的月光下，梅子客客气气地把我写给她的求爱信递给我，客客气气地对我说：

"谢谢！"

听到梅子那一串客客气气的"谢谢"，我的头嗡嗡地涨大！

我知道，我所期望的一切，都在梅子那一串客客气气的"谢谢"声中，画上了尴尬的句号。

我记不清当晚是怎样与梅子分手的。只记得，后来好长一段时间里，我羞于见梅子，好多次楼道里或是去阅览室的途中，与梅子迎面相逢，我都把脸别向了一边，更别说再让我使用她那个讨厌的"#"字了。

然而，数年后不知不觉中，那个小小的"#"又走进了我的生活中。从我起草的文件、寄出去的信件上，以及我家的日历、电话簿上……处处都是我随手画上的一个个小小的"#"字。

县城女孩

快过阳历年了，学院发给我当年的一丈三尺布票我还没用。等过了元旦，旧布票就作废了。

我跟同学小吴说："你跟我去县城换布票？"

我们学院到县城，有三四里路，星期天、节假日，我们常到县城转着玩。我想去县城把那布票调换成新年的布票，来年好接着用。

小吴说："行！"小吴还帮我分析，说问题不大。

我想也不是什么大问题。那时间，正好是新旧布票都能用的时候。权当我扯布了不就行了吗。

谁知，我们在县城百货商店卖布的柜台前，一连找了几个营业员，没有一个给换的。当时的布票很贵重，好多地方拿钱都难以买到。

走出百货商店，拐进旁边一家文化用品商店时，我和小吴仍在喋喋不休地说怪话——

小吴说："操！这要是在我们沧州老家，我叔叔一句话就换了！"

小吴说他叔叔在当地百货公司，是个小头头。

我心里话，那你把这布票寄回去换呀。可我嘴上还是说："算啦，不换不换吧。"

……

正说着，柜台里突然有人问我们："多少布票？"

我和小吴一看，是个留着齐耳短发、挂副白边眼镜的女孩。她问我们是不是北边石油学院的。

我和小吴齐声回答，说："是！"

她说："你们有多少布票？"

我说："就一丈三。"

她说："你把布票给我吧，我帮你们换。"

我和小吴对视一下，几乎是同时说："行！"

之后，我便把一丈三尺布票掏给了她。这期间，我没问她叫什么，她也没问我们叫什么，她只让我们过几天再来看看。言外之意，她也没有十分的把握。

我说："没关系，换不成就不要了。"

她说："尽量争取吧！"

随后，我们就分手了。

这以后，接着期末考试，放寒假，我一直没到县城去。

直到年后，开学很长一段时间，我才去找她。

印象中，那天下着淅淅沥沥的小雨，我顶着街头刚买的一张小报跨进她店门后，连跺了两下脚上的雨水，猛一抬头，便是那女孩一双大大的眼睛。

她看到我，轻"哦！"了一声，笑笑，说："来啦！"

我也笑笑，并问候了一声："您好！"

她说："布票早给你换好啦！"

我说："是吗？"

她没言语，转过身连解开两层衣扣，从内衣兜里掏出一个纸卷，隔着柜台递给我时，极友好地白我一眼，说："天天等你！"

我为之一怔！好半天，我竟忘了去接她递来的那个皱巴巴的纸卷儿……后来，我记不清当天是怎样同她告别的；记不清当天是怎样冒着绵绵春雨返回学院的。我只记得，在我大学毕业典礼的前一天下午，我在学院的小卖部里，花了九毛钱，买了一个日记本，签名后送给她，以示对她给我换布票的感谢之情。我清楚地记得，那天下午，她们店里的顾客不是太多，我趴在柜台边告诉她，再过两天，我就要离校了……我还告诉她，我们以后见面的机会不是太多了!

她静静地看着我，没怎么说话，只是甜甜地笑。等我挥手同她告别时，她也冲我轻轻摇下手。想必，她不会把我，还有那个日记本当回事情。

孰知，当晚，我都上床躺下了，邻班一个男生找到我的床前，说他下午去县城时，文化用品商店里一个女孩托他带给我一件礼物。

我接过来一看，是一个更为精致、颇为美观的日记本。扉页上端端正正地写道：

> 海阔凭鱼跃，
>
> 天高任鸟飞。
>
> 一个你很快就会忘记的女孩。

一九八五年六月二十六日

看着她的"落款"，我感到非常有意思，非常好笑。真想第二天再去县城看看她，可第二天，我们南下的学生一早就被送上了火车。

刚分配工作那几年，我也曾想给她去封信，或寄张贺卡之类的，只因不知道她的真实姓名，一拖再拖，也就搁下了。

一转眼，十几年的光景过去了。

前几天，我要参加同学十五周年聚会，临走时，我拿定主意，这次回到母校，一定抽空去县城看看那个女孩。

谁知，聚会的两天里，各式各样的活动、应酬，安排得满满当当。直到我登上返程的列车，才想起忘了去县城看看那个女孩。

牵　手

我牵过大姐的手。

大姐不是我的亲姐。

大姐是我原来那个单位的同事。她比我大六七岁，老三届毕业生，文字功底很好，常在报刊上发表些"蹉跎岁月"类的悲伤文字。我们的相识，如同沙漠里两粒被大风吹到一起的沙子，十分偶然而必然。说其偶然，我大学毕业后，服从组织分配，直接来到大姐她们工作单位。谈其必然，是因为我与大姐有同样的爱好——喜欢文学。

那时间，我刚出校门，热血青年一个，得知本单位有位喜文弄墨的大姐，我非常敬重她，毕恭毕敬地称她"老师"。刚开始她也认可。后来，她嫌我称她"老师、老师"地太别扭，让我叫她大姐。

于是，我就叫她大姐了。

大姐个子蛮高的，脸很白，挂副金丝边眼镜，人虽不怎么活泼，但思想还挺活跃，跟我们机关里好多年轻人都很谈得来。一次，我们团委组织活动，我送一张游览票给她，想让她跟我们一起去。大姐接过票，正反面看了看，问我："去哪的？"

我说："北京西郊石花洞。"

我们驻地离北京很近。

大姐说："那你再给我一张，我把王医生也带上。"

王医生是大姐的丈夫。

大姐说，王医生每天白班、夜班的很枯燥，带他一起出去转转。我说行。遂去找票。结果，费了很大的劲，总算又搞来一张票。

大姐很高兴！王医生也很高兴。第二天，天还没有亮，我们乘坐厂部的大客车，一道启程了。

当时，北京西郊的"石花洞"好像是刚刚对游客开放，里边的照明线路还没完全弄好，包括上下坡的台阶和地下水的流向什么的正在修整中。我们去的当天，没见几个游客，"导游"兼卖票的一个小老头，临时为我们打开洞内的灯光，指指点点地领我们往里面走，大约进洞二三十米的时候，不知谁绊着电线，还是什么原因，洞内的灯光突然灭了。

刹那时，伸手不见五指。好些人"呜哇，呜哇！"地直叫唤。"导游"一面叫大家不要惊慌，摸着洞壁慢慢往外撤；一面黑灯瞎火地摸线路、查原因。

我和大姐靠得近，灯光灭掉的时候，不知怎么就牵起手来。当时，我只想要拽住大姐，别让她摔跤或滑到一旁淙淙流淌的地下流水中去。大姐呢，抓住我好像找到依靠、找到救命的稻草一般，在黑咕隆咚的洞内，紧紧地抓住我不放。

突然，灯亮了！大家"噢！"的一声，欢庆灯光的到来。那一刻，我和大姐同时发现王医生正巧就站在我们眼前。尽管我们马上就把手松开，但王医生还是看到了。当时，我并没当个事情，很自然地和大伙欢呼起灯光来！可大姐好像察觉出什么不妥，立刻远远地离开了我。接下来，一起游玩时，大姐好像还有意识地避开我。

当晚回去，按计划，大姐和王医生邀请我去他们家包饺子吃。可客车在厂部停下后，他们俩一前一后地走了，谁都没睬我。

当时，我还恨他们小气、说话不算数。可第二天上班后，我意外地发现大姐的眼睛肿了，手面破了！脖子、脸上……到处都是被抓破的血道道。

我问大姐：“怎么啦？”

大姐紧咬着嘴唇不说话。

我说：“大姐你怎么不说话？”

大姐别过脸，无声的泪水簌簌地滚下来。

牵手

小　谢

　　大姐知道我还没有朋友，常在我面前说小谢不错，大姐认为，在她认识的女孩子当中，小谢是最好的一个。

　　我没见过小谢，但我听大姐说了她很多好处后，很渴望见到她。

　　有天上午，我又去大姐那儿，迎面碰见那女孩，她出门，我进门。我问大姐："那女孩是谁？"

　　大姐惊呼一声，说："哟！你们还不认识？那就是小谢。"

　　大姐的意思，让我快追出去看看。可我轻"哦！"一声，坐下没动。

　　大姐告诉我她在别古庄油田，离我们当时的驻地有八十多里路。但我们是一个采油总厂。大姐说，小谢不光是人长得好，文章写得也不错。以后，你们可以多交流。

　　那时间，大姐在厂部办厂报《三春柳》。我和小谢都是《三春柳》的通讯员。我们都很喜欢大姐办的《三春柳》。

　　有一天，又一期《三春柳》出来了，大姐打发我去别古庄油田送报去。

　　我很高兴。我对大姐说，正好我要去看个同学。大姐笑着叮嘱我："别忘了送一份给小谢，这一期上，有小谢的两篇文章！"

　　我心想这事情不用交待。我就是为她去的。

　　当晚，我找到小谢的宿舍时，她好像知道我要去，屋子里收拾一新，床头上尽是我在《三春柳》上发的小文章。可能怪屋子里还有别人的缘故，一晚上，我们尽说大姐和大姐办的《三春柳》……回头，我去同学那儿休息时，小谢也没远送，只在门口望我一阵，就转身回屋里了。

可我回到同学那儿怎么也睡不着，满脑子都是小谢的秀容笑貌……大约快半夜的时候，我又披衣下床来到院子里。此刻，我真期盼小谢会在院子里等我。

果然，当我绕近她的宿舍时，发现她正蹲在门前的水龙头下洗衣服。

那是个早秋的午夜，四下一片月辉，虫类细雨般地鸣着。我悄悄地走近她，快到跟前的时候，我真想唤她一声："小谢"。可话到嘴边了，又咽回去。小谢呢，埋头揉着衣服，对我，压根儿就没有发现似的……

我故意迈出脚步声，就在我从她身边走过时，她好像停下正揉搓的衣服，想必在凝望我的背影……可我，偏没有回头看她，朝着宿舍区后面的那条林荫小路走去。我想她若是对我有意思，肯定会放下手中的衣服来追我的……

可我怎么也没料到，我在那条小路上左顾右盼了许久许久，连她小谢的影子都没等到……

当下，我极为伤感！

第二天，我走时也没跟她打招呼。

回到厂部后，大姐问我："见到小谢了吗？"

我说："见到了。"

大姐问："怎么样？"

我说："什么怎么样？"

大姐说："小谢怎么样？"

我可能出于"吃不到葡萄说葡萄是酸的"心理，莫名其妙地把小谢说得一塌糊涂。

大姐愣愣地看着我，好半天没有吱声。末了，自言自语地轻叹一声，就再不提小谢的事了。

这以后，小谢也很少到厂部来，有几回《三春柳》召开通讯员会叫她来，她都没来……

后来，也就是我和现在的妻确定关系，要离开油田时，小谢不知怎么

小
谢

知道了，专程跑来看我。其间，我提到那天夜里她洗衣不睬人时，小谢鼻子一酸，泪水噗噗地滚下来。她告诉我，那天晚上，她洗衣服是假，出来等我是真。之所以没抬头看我，是因为当时心里太激动……

温暖的石头

苦涩的婚事

　　讨论结婚时，我已走出校门，且在那满天风沙的华北油田工作了整整三年。我爱人却刚刚卫校毕业，回到地方一家市级医院。我给她去信，说明我想有个"家"。她开始不同意，说她岁数小，刚走向工作岗位。可我在油田那个"男人多得要命，女人少得可怜"的鬼地方，实在是太需要她了。

　　我一封接一封信地向她求婚。最终，她抵不住我的"攻击"，总算是答应了我的"请求"。

　　我们在信中确定婚期后，我责成她向双方父母"通报"情况。我考虑油田给我的婚假有限，直至婚日临近，才在油田矿区的小卖部里买了20条"恒大"牌香烟，连夜乘火车往回赶。

　　两天一夜的火车，总算是赶到她居住的小城。站台上，她见到我，原本该高兴。没想到，一见面，她就掉泪淌河地哭开了！她告诉我她们单位领导不同意我们结婚，理由是她的实习期未满。她说："你想结婚，你去找我们医院领导吧。"

　　我思谋再三，真的去找了。

　　结果，医院领导看我在油田的单位证明都开来了，总算是勉强同意。但约法三章：一不给我爱人婚假；二不许向医院要房子；三是一年内不许怀孕。我一一答应了。

　　我爱人却紧咬着嘴唇，直扯我的后背，示意我不要什么都答应。我做我爱人的工作，说我们反正是两地分居，只要让我们结婚，临时凑合一下就行啦。我爱人没点头，也没摇头，一切由着我去办。

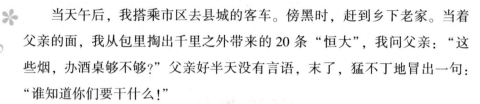

当天午后，我搭乘市区去县城的客车。傍黑时，赶到乡下老家。当着父亲的面，我从包里掏出千里之外带来的20条"恒大"，我问父亲："这些烟，办酒桌够不够？"父亲好半天没有言语，末了，猛不丁地冒出一句："谁知道你们要干什么！"

我很吃惊！瞪大两眼直盯盯地看着父亲。父亲说："不是说好不办的嘛？"

这时，我才知道在这之前，我爱人已连续给家中来过两封信，后一封信已告诉家里人，喜事不办了。现在，突然间又提出"喜桌"的事，父亲显然是有些措手不及。我跟父亲说："婚事可以简单些"。父亲埋头吸烟，不再搭理我。

接下几日，父亲仍不提我的婚事，反而用我带来的"恒大"，去给乡里的头头们送礼。我心里很不是滋味，终于在一天午饭桌上跟父亲顶起嘴来。我提出来，村子里同我一起读书的十七八个，而今考上大学，且在外地工作的就我一个，怎么说，这次结婚也得把他们请来"坐坐"。父亲则坚持只把本家的叔叔大爷们叫来吃顿饭就中啦！别人，一概不请了，并建议我们旅游结婚去。

我看父亲对我婚事极为冷淡的态度，心里既委屈又难过。一来气，放下筷子，拎起行李走出家门。心想，旅游就旅游。妈妈和小妹看我眼含着泪水走了，一直追我到小街上，我胳膊一抢、再抢，头也没回地走啦。途中，我的泪水一直在眼眶中打转儿。我不明白，父亲为什么对我的婚事如此厌烦、草率。

事后，我才知道，那阵子父亲刚好在乡党委换届中落选，正躲在家里怕见人。

转天，准确地说是1988年10月1日，是我们结婚的日子。一大早，我爱人无可奈何地上班去了。我一个人呆在她集体宿舍里感到很无聊，骑着车子到街上转着玩。走到市体育场那儿，看到全市中学生在举行秋季运动会，便停下车子，扒在操场栏杆上毫无目的地观看。印象中，那天小北风尖尖的，不时地吹起操场上的尘土和栏杆底下的草叶、花糖纸什么的，直往人脖子里灌，让人睁不开眼睛。即便是那样，我还坚持着，反正到别处去也没有意思。

后来，直到大喇叭里传出"上午的赛程到此结束"时，我才想起该回去吃午饭了。出乎意料的是，等我回到我爱人宿舍时，一推门，见父亲和小妹正坐在屋里。从小妹和我爱人的脸上，可以看出她们是刚刚哭过，尤其是我爱人，泪水还挂在腮上。父亲见我进来，一声不吭地埋头吸烟。我爱人走近我，质问道："你去哪了？到处找你。"

我没有吭声。

小妹说："家里正为你们办喜事，亲戚朋友，还有你那些同学，都请齐了，快回去吧！哥。"我仍旧没有吭声。但此时，我的泪水却止也止不住地滚下来。

苦涩的婚事

女儿的小辫

妻生病半年多尚未确诊，我决定带她到上海查查。

上路的那天早晨，天下着小雨，岳母站在巷口的雨地里，掉泪淌河地一再叮嘱我："到了上海，你好好给她查查！"在老人的心里，到外地去查的病，一准是大病。

我什么也不想多说，摸一摸内衣里的钱夹子，背着个包，独自前头走了。上了火车，妻子突然说："扬扬咳嗽得厉害，忘了告诉她姥姥带她到卫生院去看看。"

"你算了吧，你！"我没好气地搡她一句，说："你自己都顾不了自己了，还管孩子！"

没料想，这句话，又刺伤了妻对女儿的爱心。当下，她眼窝一热，泪水"噗噗"地滚下来，还捂着泪眼，说："我知道我自己不如人，可用不着你这样来损我。"

我被她一说，心里也有些酸酸的，目光随之转向窗外，不和她言语了。

妻一直认为自己患了肝病，心里压力相当重，半年多来，与家人完全"隔离"。家里人用的盆碗锅灶，她一样都不去伸手，就连三岁的小女儿扬扬她都不敢拉到怀里亲一亲。怕传染！

记得在她生病的第二个星期天，她看我一个人，家里外头地忙得焦头烂额，在床头，指着桌上的剪刀对我说："你把扬扬的小辫给剪掉吧！"

我一愣！心想这怎么行？扬扬的小辫，是她精心给留下的，细细长长的，还扎着一对红底黄点儿的蝴蝶结哩，很好看的，怎么忍心给她剪掉呢？不就是因为我忙不过来，给她梳理不及时吗。我没好气地揽过扬扬，说："过来扬扬，爸爸给你把头梳梳。"

妻子执意说："不，你给她剪掉。"

我看妻子的态度很坚决，思忖半天，心想，剪掉也行。反正孩子还小，剪掉后，等明年她妈妈的病好了再留也不迟。但我万没料到，当我真的落下剪刀后，妻子却捂着脸，呜呜地哭开了。

我扔下剪刀，训斥她说："不是你让我剪的吗，你哭什么哭？"

妻子呜咽着说："你……你没有错，是我让你剪的。我是哭我自己没有用。"妻越说，哭声越高。

扬扬呢，一看自己的小辫被爸爸给剪掉了，捂着光秃秃的头发，也"嗷，嗷……"地哭开了。我一看这阵势，心里一发焦，"哗——嗒！"一声，磕门走了。

妻子自生病以后，性格变得坏透了，指甲盖大的小事情不顺心，她就要哭给你看。就说这次去上海看病，我去火车站买票后，告诉妻子跑上海的火车隔天一趟，要推迟一天启程。她听了，床沿上呆坐了一会儿，不声不响地就哭起来了，还一边哭，一边说自己命不好，想做什么事情都不顺心。

出乎意料的是，在上海查病的结果很好。

当天，上海传染病总院的几位专家会诊后，确诊她不是肝病，而是一般的胆囊问题时，妻高兴地一口气连说了三个"谢谢，谢谢，谢谢！"

走出医院，妻子精神焕发，扯起我的手，要在上海好好地玩玩。然而，当我们走上小街，迎面碰见一个扎着蝴蝶结的小姑娘，蹦蹦跳跳地向我们走来时，妻子的脸很快别向一边，又摸出了手绢，捂住鼻子哭了。

女儿的小辫

妻子说："俺扬扬的小辫要是不剪，也该是这样长了！"

刹那间，我心中涌起万般酸楚！止也止不住的泪水，夺眶而出。但我还是背过妻子，急步往前赶了几步，乘拐弯的功夫，悄悄抹去了脸上的泪花。

温暖的石头

喜　年

瑞雪兆丰年。

父亲端着半碗炒米汤，从堂屋的东里间侧身出来时，窗外正飘着飞飞扬扬的大雪。远山近树，尤其是农家小院里的鸡屋、羊舍，以及猪圈墙、柴禾堆、饲料垛上，如同裹上棉絮、盖上厚厚的棉被一般，银装素裹。

那是大年三十。

小村里，连续几天，不时地响起"咚，叭！咚，叭——"的炸鞭声。新年了，家家户户都在剪窗花、送年礼、贴春联、蒸年糕、包饺子。最高兴的，当然还是那些顽皮的孩子们，他们一个个换上了新年的花衣裳，奔跑在雪地里滚雪球、堆雪人、打雪仗、抢鞭炮，好不热闹。

可我们家，只因为我爷爷病入膏肓，新年的气氛凝固了。父亲担心我爷爷熬不过大年三十，家中的春联、鞭炮等喜庆物件儿都准备好了，就看我爷爷的病情如何。按照我们老家的风俗，家中有老人病逝，当年春节，儿女们不能穿鲜艳的衣服，家中不贴大红的对联，更不能燃放喜庆的鞭炮。

我父亲是长子，家中老老少少几代人，都在看着我父亲的脸色行事。年三十的那天早晨，父亲安排全家人该干啥干啥，他一个人寸步不离地守候在我爷爷的病床前，就连专程从河北赶回来的叔、婶一大家人都不让靠前。父亲让我叔叔领着家里人杀鸡、宰鹅、煮肉……忙年去。

我叔叔从部队转业到河北工作，好多年都没有回家过年了。那年春节，正是因为我爷爷病危，父亲才写信让他们一家子都回来。我爷爷在昏迷中，得知我叔叔他们一家人都回来了，很激动，他紧咬着牙关，要把这个年撑下去。连续几天汤水未进，竟然在年三十的晚上，喝下了半碗炒米汤。

父亲端着我爷爷吃剩下的半碗炒米汤，很是从容地从小里屋里出来，告诉全家人："没事了，又喝了小半碗炒米汤，三天两天死不了，贴对子、放鞭炮，过大年。"

"噢！——"

这一来，我们小孩子可高兴了，尤其是叔家的几个堂弟、堂妹，他们都是城市里长大的，头一次回到乡下老家过年，头一回见到农家小院里白雪映春联的喜庆劲儿，一个个手舞足蹈，奔跑在街院的雪地里放礼花、点鞭炮，还与小村的孩子们打雪仗哩。

父亲让家里人蒸年糕、炒花生、办酒菜，该吃的吃，该喝的喝，他一个人来回往小里屋里照看着我爷爷。

年初一的早晨，家族中的晚辈们，一拔一拔地来给我爷爷磕头拜年，我父亲伏在我爷爷的耳边，来回告诉是谁在下面磕头，我爷爷不能坐起来，也不能说话了，但神志还没有完全丧失掉。

这期间，有人夸赞我爷爷儿孙满堂，寿比南山；有人直截了当地说我爷爷病成那样，还能熬过这个春节，真是儿女的福气呀！总之，都是一些新年里的吉祥话儿，说来让我们家里人高兴的，父亲代表全家人，一一表示感谢。

转过年，大年初三的早晨，父亲把全家人及本家的叔叔大伯们叫到一起，痛说我爷爷在年三十的晚上就已经断气了。

至此，全家上下一片嚎啕。唯独我父亲，他一颗眼泪都没掉。

父亲的泪，流到心里了！

去舅家

三年多没去舅家了。

今年清明，回老家给父母上坟，就要回城的那天晚上，大哥说："你明天晚走半天，到俺舅家去看看……"后面的话，大哥没有细说。但我知道舅舅在大哥面前，一定是嫌我不去，说我难听的话了。

在舅舅的眼里，我是他最有出息的一个外甥。

考上大学的那年秋天，舅舅把他家里正下蛋的三只母鸡卖了，给我做了一件当时很时兴的的确凉的短袖衫。送我上路的那天早晨，舅舅冒着小雨跟我一起到车站，临上车的那一刻，他又到路边小铺子里，买了两个热乎乎的包子硬塞给我带上。

舅舅家里穷。我刚参加工作那几年，每次去舅家，都要掏个三十、四十的给他。舅舅拿在手里，半天都不放下，有人在场时，他总是一遍一遍地念叨："你看看，我还使俺外甥的钱。"那得意的样子，让我好久都不能忘怀。可自打我被公司减员后，别说去舅家，连我自家的哥嫂都不好意思见了。

哥哥也是爱要面子的人，从没把我被裁员的事对外人说过。但他好像跟舅舅淡淡地说过。所以，舅舅格外地想见我。

大哥说："舅老了，牙都掉了。去时，带点蛋糕什么的软东西给他吃。"

我按大哥说的做，在街口小店里买了三斤糖酥，称了一扎香蕉，去看舅舅。

舅舅看到我，说我瘦了，问我小孩上学了没？还问我现在一个月拿多

105

我怎么好告诉舅舅说我下岗了! 怎么好说我正帮人家搞传销, 舅舅能懂什么叫传销吗? 我跟舅舅说我很好, 小孩和家属都很好。

舅舅说:"那就好, 那就好!"但过了一会儿, 舅舅还是想起什么, 大张着眼睛问我:"听你哥哥说, 你不在原来的那个单位干了?"

我点点头, 说:"是。"

舅舅沉默了半天, 说: "不能老是换地方, 干什么事情都要认真才是。"

舅舅分明是在教导我, 他一定是认为我工作没干好, 才被迫换了地方。

可此时, 我心里万般酸楚, 真不知跟舅舅说什么好, 我不想让舅舅知道我在外面的难处。我只跟舅舅说:"我下岗了!"

舅舅问:"下岗了?"

我说:"原来那个单位, 要不了那么多人, 让我下来了。"

舅舅愣愣地看着我, 好半天才问我:"那你现在干什么?"

我说:"散混。"

"散混?"

舅舅对我说的散混不理解。可事实上我就是在散混, 公司里下来以后, 我已在好几家单位做过事, 没有一家令我满意的。眼下, 帮人家跑传销, 也不是个长远之计。舅舅可能觉得我不争气, 遂把脸别到一边。

回头, 我要走时, 舅舅长长地叹了一声, 说:"年轻人, 在外面要好好干。"说这话时, 舅舅两眼盈满泪水。

到姨家

姨，是爱人那边的姨。老了，走路，脚后跟都不能离地了，柱着拐棍还要扶着墙角，才能"趿拉！趿拉！"地一点一点往前移。

我去的当天，先打了个电话到姨哥他们单位，说我已在他们那个城市开了好几天会了，带了点我们老家的虾米什么的，准备给他们送去。姨哥挺客气，说，你来就行啦，还带什么东西呀！姨哥详细地告诉我坐几路车，到什么站下车，他在那儿等我。

姨哥我认识。

我结婚时，爱人领我来过一回，那时间姨的身体好，每天天不亮就下楼给我们买油条、豆浆什么的。姨哥也不错，领我们玩了不少地方。姨哥可能还没有我大，可他跟我爱人是同年的，比我爱人月份大。我爱人跟他叫姨哥，我也只能跟他叫姨哥。当时，我们去时，姨哥正在耍朋友（谈对相）。有一天晚上，姨哥还把他谈的那个女朋友带给我们看了。印象中，那个女孩脸很白、手也很白，说话很好听。后来，听说姨哥就和那个女孩结婚了。

我按姨哥说的路线，几乎没费什么事，就在公交车站见到姨哥了。姨哥接过我的包，领我往家走。

路上，我问他上班离这地方远不远，姨哥指着不远处的一栋办公楼对我说："就在那儿。"我说："表嫂呢，你们在一个单位上班？"

姨哥说："她远了，她中午回不来。"

我问："姨的身体还好？"

姨哥说："凑合吧！"

等我们走到一栋很高的楼下，姨哥往楼上一望，指给我，说："我妈！"

我顺着姨哥的视线往楼上一望，姨已站在阳台上了。姨哥已把我要去的消息，事先告诉家里人了。我冲姨笑，想喊声姨的，又担心楼层高，她听不到。我冲姨挥下手。姨没有反应。

姨哥告诉我："她眼睛不行了。"

姨哥还说："我妈耳朵也聋了。"果然，进屋后，我喊她姨，她没有任何反应了。可她知道我是老家来的人，紧拉着我的手，问："小玉怎么没来？"

小玉是我爱人的小名。

我说："她上班，忙呀！她捞不到来。"我还告诉姨，我是来开会的，不是专门进城来玩的。我说小玉给你带来虾米。

姨什么也听不到。但她感觉到我的嘴在动，就说："姨老了，什么都听不到了。"说这话的时候，姨指着她的眼睛对我说："刚做过手术，白内障。"

我忽而发现，姨的眼角是有些红肿。

这时间，姨哥在厨房跟我说："中午时间短，好歹吃一点。晚上，你表嫂回来了，我们再好好喝几盅！"

我说："行呀！随便吃点什么就行啦。"

姨不知道我们在说啥。但姨很想知道中午吃什么。她扒在厨房的小门窗上望了好长一阵子。

回头，等姨哥端上一个烧豆角和一个爆烧土豆丝要我吃饭时，姨不见了。

开始，姨哥认为她在卫生间，连喊了几声，也没有人答应。后来，我们到处找她时，姨拎着半塑料袋切好的酱牛肉，从电梯口扶着墙角"跐拉！跐拉！"地来了。

姨哥说："妈，我们说好的，晚上再好好吃。"

姨听不到，头都没抬一抬。姨把那半兜酱牛肉放到盘里后，哆哆嗦嗦地推到我跟前，很不高兴地看了儿子一眼，对我说："吃，你吃！"说这话的时候，姨的手背揉到了自个儿的眼窝上。

哭姑家

姑死了，哥打电话来，让我一定要回去。否则人家会笑话我们娘家这边没有什么人了。哥还让我拍个电报或打个长途电话给远在河北的叔叔家，问叔或叔家的弟妹回来不回来，最好是让他们都回来。

父亲前年去世了。大家庭里有个啥事，都是大哥来回招呼。尤其是在姑死的这件事情上，叔叔一家远在河北，我和三弟、小妹都居住城里，大哥就是家庭的顶梁柱了。

姑的丧事上，凡事都要跟大哥商量。

大哥说娘家来的侄、侄媳妇，都要用一丈六的白孝布，那就不能用一丈五。

大哥说姑的尸体不能火化。那边就得等大哥和我们都联系好了，并且征得叔叔的同意后，才告诉他们火化的具体日子。

好在叔是在外面工作的人，不在乎老家那些礼数、套数。叔打了个电话给大哥，说他回来是回来，家里面该怎样进行就怎样进行，不要等他了。

哥知道叔要回来后，又打了电话给我，让我在县城务必要找辆小车接叔叔一起回来。哥说，这种事，就是个壮门面的事！

其实，哥不这样叮嘱，我也要找辆车跟叔一起回去。我们单位的几个驾驶员跟我私人关系都不错。这种事情上，让他们帮帮忙还是没有问题的。问题是哥哥把这事看成是摆排场、摆气派，这就不太好了。

姑活着的时候，我们都没开着小车去看看，何必要在死了以后，再来讲这个排场、气派呢？

老实讲，我们这个姑，有点少心眼，也就是城里人说的多少有些痴呆。我爷爷在世的时候常说，我这个姑小的时候得过大脑炎，眼看就不行了，谁知她又活过来了。可活过来的姑，就比正常人少了几个心眼子。后来找了个姑夫也不是个健全的人，整天闷着头，见谁都不知道问一声。

这回，姑死了，大哥作为娘家人的"首席代表"，早就几天几夜地守在那儿了。直到我和叔还有三弟、小妹赶到时，大哥才从灵堂的草窝里站起来，并责怪叔怎么不把几个小弟妹也带来哭姑的！

叔说："他们都上班了，忙！"

大哥不吱声。

但大哥很有些看法！大哥想，亲姑死了，还不来哭！什么样的事，能比这事重要。

好在叔就是叔，大哥不敢跟他顶嘴。

但大哥提出来，要把叔家那几个小弟妹的孝布都扯出来，让叔带回去。也就是说，别看叔家只来了叔一个人，可叔家给姑戴孝的人多着啦。

叔不大在意这些。

可大哥凡事都要摆在理上，大哥让我和三弟都要像他那样，穿上长长的孝服，然后，声音很响亮地大声嚎：

"我的，亲——姑——呀——"

我哭不出来。但我心里确实也很难过。毕竟是自己的亲姑。

三弟呢，小的时候他常到姑家去，跟姑有些感情，尽管他跟我一样，没有哭出声音来，可他不停地抹泪水。

大哥不高兴了！冷板着面孔，训我和三弟，说："不要光抹泪水，要大声哭给人家看看！"说这话的时候，大哥还指着自己的鼻尖，说："我们

哭姑家

111

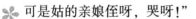

可是姑的亲娘俚呀，哭呀！"

那意思，人家庄亲庄邻的，就看我们怎样哭啦！可真哭得惊天动地的大哥呢，反而一滴眼泪都没掉。我一直走在大哥后头，看得很清楚。真的。

温暖的石头

金丝小枣

邮差在巷口鸣铃铛，我以为又是哪家编辑部的"挂号"来了。接到手里，才知是安子寄来了金丝小枣。顿时，我的思绪不由自主地飞向那遥远的北方……

紧靠北京的永定河南侧，有一个极不起眼的小县城——固安。

在那儿，我和安子同窗四年。年年秋凉枣熟的时节，班上的同学都能吃到她父母寄来的金丝小枣，听安子讲她家小院里铺满席子打枣的故事。

记得那是大学时最后一个秋天，安子用一方花手绢，包了一把上好的枣儿，悄悄塞进我的桌肚。偏巧，被后窗里张望的男生发现！当晚，回到宿舍后，我被"逼"交出枣儿，还不得不在男生中"洗清"自己，说安子是自作多情……这以后的日子里，我极不自然地和安子疏远了……直到毕业时，我才在留言里给她写道：没有忘记，那手绢里的枣儿！

当下，她含泪问我："……甜吗?"

"……"我点点头算是回答。

第二天，是我们离校的日子。男女生风风火火地汇集在操场上，当听到"南去的同学上车时"，我几乎没有注意到安子此刻站在我的车下！是她大声喊我的名字，我才冲她挥挥手。但目光很快又转向旁边的男生、女生和老师……

今天，六年后的今天，我意外地收到她寄来的一包金丝小枣。尽管她在附言里说：枣儿是她亲手摘的，颗颗饱满、香甜。让我多吃几个！可我，一颗也难以咽下……

113

小站，停靠三分钟

电话铃和门铃的声音差不多。我闻声去开门时，妻却在里屋喊我接电话。传递耳机的一刹那，妻冲我一翻白眼儿！

我没理睬她，接过耳机，"喂！喂……！"连喊数声。对方只传来"铿将！铿将！"的列车奔驰声。想必，是用"大哥大"或是从沿线哪个车站上打来的。足有两三分钟对方没有回话。我正要把电话挂掉，对方的声音突然清晰："听出来了吗？我是安子，我是安子呀！……"

"安子？……"我的心一下子提到嗓子眼。七年前，我和安子在北方的一个城市同窗四年。每年秋凉枣熟的时节，班上的同学都会听安子讲起她们枣乡的故事。她家的小院里抬手都是低垂倒挂的枣儿，熟透的枣儿，个个皮薄、肉厚、核小，一口咬开，香甜扑鼻，金丝相连。她家每到秋季，都要寄一大包上好的枣儿，班上的同学吃个遍！暗地里，我还享受过"优惠"待遇。毕业留言时，我在她纪念册日记里写道："没有忘记，那手绢里的枣儿。"当下，她滚着泪水，问我："没有忘记，又能怎样？"

我答应她，分别后，我会主动与她联系。转眼七年过去，想不到她主动来了……

她在电话中告诉我，她将很快到达我现在的小镇。我大声地问她："你乘坐的是哪次列车？几号车厢？几点进站？"她的回答恰似命令："你现在就到站台上等我。快点！"通话中断。

我捧着"嘟嘟"叫的耳机，呆呆地立了半天，转身看到背朝我的妻子，胸腔里那颗激动着的心如同待发的弓箭！相互沉默良久，我最终负罪般地走近妻子，悄声说："去去就来……"

妻子像没听见我的话，一动不动地背朝着我。等我换好鞋子，从她身边擦过时，她却一把抱住我的胳膊，两眼噙满了泪水，喃喃自语地说："一平，带她来家吧！"她听出电话那端是安子，且晓得当初我和安子在大学时的恋情……

我拍拍妻子，没点头，也没摇头，心中万般酸楚……

"换上你那套银灰色的新西装。"妻子说，"分别七年了，她一定想看看有关你现在的一切……"

我轻叹一声，说："没这个必要了！"并告诉妻子，她是中途路过，只在我们小镇停靠三分钟，并邀妻子："咱们一起去！"

妻摇摇头，极勉强地冲我撇嘴笑笑，说："不啦，还是你一个人去为好……"

小站，停靠三分钟

小家烦恼事

苦涩的禧礼

我在城里成家后，妈妈交给我一本禧簿子。告诉我结婚时，谁送了多少钱，谁送了啥贵重的东西都记在上面。拿去将来好对照着还人家。

当时，站在我一旁的妻子轻扯我一下，示意我不要接。

妻的意思是，我们小家在城里，本身就有些"往来"，再"挂"上乡下的，经济上吃不消不说，时间上也"陪"不起。可我妈不那样想，妈妈说城里到乡下，来回也就是百八十里路程，坐上汽车，个把钟头就回来了。红白事聚在一起，美其名——热闹！

这一来，我和妻可真的"热闹"开了。有时我正上班，或是妻子刚下夜班想休息，乡下的电话或"特快传递"就到了：大姑家盖屋要"帮梁"；老舅住院要"看望"；大表姐、小表弟结婚、生孩子——都要一一应酬。

有的"礼"事先知道，我和妻子半个月鱼、肉不沾也就省下了。有的连想都想不到，一翻禧簿，还真有！这就得四处"抓瞎"。

物价上涨了，总要在人家礼的"基础"上再加点才是理儿。这样一来，我和妻子的工资月月光不说，还拉下了一大屁股债哩！

今年"十一"，小舅家三表弟结婚，我正好到河南出差去了。回来听妻子说，她们单位这阵子正在抓"下岗"，她接到"信儿"后，也没敢回去。

我听后，牙根一咬，说："没回没回吧！往后老家的往来，能省就省吧。"

妻子听了，拍手称快，夸我这是"明智的选择！"

温暖的石头

岂料，半月后，回乡下看望父母。进门，妈妈就告诉我："上天你小舅家三表弟的喜事，你们两个虽然没有回来，但禧礼钱让你大哥给垫上了……"言外之意，你掏钱吧！

迎秋凉

秋凉三日，妻子站在小院的石台上，望着随风摇曳的树枝，高高地扬着手臂，扬眉吐气地说："可好啦！夏天总算过去了。"

夏天，对我们家那间三面朝阳的"鸽子窝"来说，实在是热不可耐！持续高温的那些天，我和妻子下班后都愁着进家。薄薄的砖墙被太阳烤得滚烫，一推房门，热浪滚滚。我对妻子说："快把外衣脱了！"妻子斜我一眼，说："来人怎么办？"

我说："不会的。"

其实，我嘴上说不会的，心里头也没有底。妻和我都是外向型的人，交际颇广，但是，高温的那阵子，偏偏被我言中，几乎是整个夏天，家中一个客人没来。

忽一日，妻子瞪大两眼问我："谁谁谁怎么这么久没来？你是不是得罪人家啦？"

我思忖半天，说："没有呀！"

妻子说："这就怪了！"

我也很纳闷。

近日秋凉，家中来客频频。我和妻欢欣鼓舞之后，责备人家为什么这么久没来？对方反过来问我们怎么没去？

归根结底是水流夏天，家家房门一关，屁股露着半边。不便登门！

而今秋凉了，迎客的房门大开。亲戚也罢，朋友也罢，该登门的，尽管去好啦！

女儿扬扬

婚后第二年，我们有了个女儿，取名——扬扬。

妻还没有离开产房，我便写信给老家的父母，告诉他们：你们添了个可爱的小孙女。

父亲没有回信，母亲也没来看望。直等到十二天送"月子"时，母亲才委派大嫂送来59个鸡蛋，并一再叮嘱：扬扬满月以后，就送回老家藏起来……言外之意，还得生个儿子。

一个月后，我们没送扬扬回老家。直到那年春节，家里再三捎信让我们回去过春节时，我和妻才抱着扬扬，回老家见她的爷爷奶奶。

腊月二十八，我们在县城转车，又步行了八九里土道，天黑时赶到家。进门，母亲抱着扬扬亲了亲，问取名叫什么？

妻子说："叫扬扬。"

妈妈半天没有言语，末了，告诉我们："生了个女孩子怎么还能到处扬扬呢！"妈妈说："扬扬这名字是男孩叫的，改名叫小翻吧。"

我和妻都不理解妈妈说的意思。

晚上，没有外人在场时，妻沮丧着脸对我说，妈说生了个臭毛丫，不准到处"扬扬"，让我们改名叫小翻，意思是让我们回城以后再生一个，一准就翻过来了——男孩。

年后，妻子暗自流着眼泪，硬是抱着扬扬离开了老家。

这以后，老家也曾多次捎信，让我们把扬扬送到乡下。但我和妻子始终没有那样做。

而今，我们的女儿已经上学了，仍然叫扬扬。

打呃吱

孩子睡梦中突然放声哭唤。妻一骨碌爬起来，鼻子不是鼻子眼不是眼地责问我："你是不是压着扬扬了？"

我瞅瞅我躺的位置，思忖了半天，说："没有呀。"说完，我又问妻："是你压着了吧？"

妻不语，搂孩子躺下，且自言自语地说："是打吃吱（吃语）。"

我给她纠正："是做梦。"

妻说："小孩子哪会做梦？"

我说："打吃吱就是做梦，而且是噩梦。"

妻说："一个三岁的孩子哪知道什么梦不梦。"

我跟她解释："三岁的孩子，已经初尝人间的悲苦。"

妻子翻了个身，给我个后背，说："又来你那套酸文臭理了不是？"

我说这是现实，并提醒妻子说："孩子白天一准是受到了什么委屈或惊吓！"

没料想，这句话戳到了妻子的痛处，她一把扯开我的被子，质问我："你这话是什么意思？嗯！"

我忽而想起孩子自生下来以后，一直是她姥姥在这儿看着。

妻子说，她姥姥在这儿看扬扬，整天累得头痛眼花的。到头来，还没落得你个"好"。妻骂我是"没良心的货，白眼狼"。

我说："行啦行啦！再这样联想下去，一会儿，打吃吱的不再是孩子了。"

妻抓过我的胳膊，逼问我："不是孩子是谁？"

我本来想说是妻。但话到嘴边了，又改口说："是我。"

对擂子

晚饭后，我依着被垛看书，妻坐在床沿上织毛衣，女儿扬扬在床上玩积木。

妻没话找话，问扬扬：

"扬扬，爸爸好？妈妈好？"

扬扬看看妈妈，又看看爸爸，可能是想起她身上穿的那套"狗熊拉

119

车"的外衣是我刚刚从江西出差时给她买回来的，随口说："爸爸好。"

"什么？"妻子不干了，脸儿一板，又问扬扬："到底爸爸好？妈妈好？"

扬扬坚持说："爸爸好。"

"爸爸好？"妻质问一句，开始实行"制裁"了——一把扯过扬扬，说："好！你说爸爸好，腿上的毛裤是妈妈给你织的，脱下来吧。"妻假装要动手扯扬扬毛裤的样子。

扬扬"哇！"的一声，哭了。

我有些不耐烦了，说妻子："行了吧！哪有你这样教育小孩的？"

我还告诫妻子，常此下去，孩子会变得尖酸、刻薄，凡事动用小性子。

妻半天不语，可能是觉得我的话有些道理。自个儿给自己找了个台阶，拉过扬扬说："妈妈逗你玩的，好扬扬听话，别哭了。"

可好，扬扬的哭声嘎然而止，但她小小的心灵也不甘被人捉弄，三下两下，把腿上的毛裤和脚上妈妈刚刚给她买的对对袜，一股脑儿地脱下来扔给了妈妈。

妻子脸一红，欲怒没有理由，欲恼又觉得眼前是个孩子。

我旁敲侧击道："行了吧！孩子被你教育好了吧。学会跟你对擂子了吧！你再问呀？问她爸爸好，妈妈好呀？"

妻子猛拨弄我一下，说："去你的吧！"随低头织毛衣，半天无话。

婚后合影

"三八"节前夕，单位举办"美满家庭"活动。活动要求参赛家庭，各交一张婚前婚后的夫妻合影。

接到通知的当天晚上，妻子拿出三大本相册，让我帮着参谋哪两张照片好。

婚前的，也就是花前月下那会儿的照片，可谓千姿百态，应有尽有。

随便哪一张都行！

问题是婚后合影，除了全家福，就是我们两个各自领着孩子或抱着孩子照的。单独两个人的合影，一张也找不到。

"我们照相不少嗳！"妻子不服气，遂找出平日里放在盒子里的散照片，"哗啦！"倒了一床，让我帮她一起找。然而，待我们一张张看过后，我与妻不禁相对无言。

换　位

"五一"节，江南莺飞草长的时候，我们单位组织去宜兴参观慕尼洞，那是一个天然的岩洞，临出洞口时，游客们一律要摸黑、乘船而行。

我和妻子在小船上尚未坐稳，忽见我们办公室的收发员小胡，半裸后背，抢坐到我们夫妻中间。小船随即摇晃着进入黑暗。

顿时，我感到小胡那细细的腰肢，虚虚实实地向我靠来！那种感觉，是妻子不能与之相比的。

我真渴望"黑暗"无限延长，或是小船大幅度摇晃。可洞口的亮光，准时像闪电一样，照耀着小船平稳驶出。

我下意识坐端正，瞥一眼对方——嘿！哪里是什么小胡呀，原来就是我的妻子坐在我的身旁。

小胡在落坐一刹那，被我妻子给挤到一边去了。

携夫人赴宴

朋友婚宴，我携妻子前往。

落坐，发现名单上没有妻子的名字。找遍左右桌上名单，皆无。

当下，妻有些难堪！冲我直翻白眼儿。

我拉一把椅子，说："一起坐。"我那意思，酒桌上，多一个人，少一个人，无所谓的事情。

可妻不那么想。妻子扯我衣角，悄声跟我说："多不好！"

小家烦恼事

我说："这有什么，你坐你的就是了。"

可妻子感到浑身不自在。尤其是后来者，拿起名单一一辨认时，妻子总感到自己是多余的。

不知不觉中，那张"客单"被妻子用茶水浸泡得模糊不清了。

尽管如此，妻仍然打不起精神。直至婚宴结束，她都没有尽情地笑一笑，更别问她当天酒菜的味道了。

北京炉

冬来，寒流未至，妻子便一早一晚地叫唤："冻死啦，天真冷！这样下去可受不了。"

我纳闷，往年的冬天不都是这样过来的吗，今年怎么就受不了呢？

妻子说："往年是往年，今年是今年。"

这是什么话，我半天没领会这个理儿。

半夜，西北风紧叩门窗，隔壁房里一阵阵咳嗽声惊醒了我。我们成家三年多，岳母头一回到我们家来过冬天。

刹那间，我明白妻子"往年、今年"的道理了。

第二天，妻上班，我倒休，跑到小街上转了一圈，手提、肩扛，买回一套"北京炉"支在岳母的小房子里。

夜晚，恰好冷空气南下，岳母的小屋里温暖如春，我们这边却格外寒冷，可妻子再不说冷了。

红毛衣

大学时，班上有个女生对我有点那个意思，悄悄地为我织了一件红毛衣。

婚后，我骗妻子说："是我小姑给我织的。"

妻半信半疑。

其间，妻子看其领口、袖头都开线了，提出来要给我拆了重织。

我嘴上说："再穿穿！"

可实际上把它打入箱底。心想，留作个纪念算了。

岂料，上个月，妻得知我要参加同学十周年聚会，特意从箱底翻出来，跟我打趣，说："穿上它吧，一定有人注意它！"

小家普通话

我和妻子是同乡，考学后又一起"落"到城里。平时在家，我们都说老家话，偶尔谁"普通"一点，对方还要"讽刺"不说，自己也感到别扭。

但是，我们没有料到这样做，会影响到孩子。

那天，幼儿园的老师让小朋友都去解小便。

我们家扬扬高高地举起小手，报告说："老师，我没有小辫！"

老师想："不对呀，小朋友们的生活规律都是一样的，她怎么没有小便呢？"

老师又问她一遍："扬扬，你怎么没有小便？"

扬扬跟老师说："我妈妈说了，明年给我留个小辫。"

老师一听，乐了！

也就在那个周末，我去幼儿园接扬扬时，看到很多小朋友全都高高兴兴地领到小红花，唯独我们家的扬扬，站在那儿撅着小嘴，掐着指甲不高兴。

我连喊了两声："扬扬，扬扬！"

扬扬头都没有抬一抬。

等我走过去抱她时，她却"哇！"的一声，哭了！

我问扬扬怎么了？

扬扬揉着泪眼，告诉我："老师说我讲话不普通，不发小红花。"

我听了，心头为之一怔。

当晚回家，我和妻立下"协议"，为了孩子，从今以后，在我们小家，全面推广普通话。

补袜子

刚出校门的那几年，我身上保留了不少乡下人勤劳俭朴的东西。印象较深的是，结婚不久，我找出大学读书时穿过的旧袜子，让妻子给我补。妻子疑惑地瞪大了眼睛看着我，说："你还要穿破袜子？"

我说补补还能穿。

妻子笑我乡下人，不给我补。

我执意要补。

妻子真给我补了，我也真穿了。可不知从哪一天开始，我不再提袜子的事了，以至今天，妻子买来的那些价格便宜的对对袜，我还嫌质量不好，让她去正规店里去买精品袜。

说不清我这是蜕化变质，还是忘了农家土里刨食的艰辛了。总之，城市日新月异的变化，让我不知不觉改变了生活的观念。

有时，我似乎觉得乡村离我越来越远了。

午间客人来

午间两小时，在我们小小的三口之家——幼儿园接孩子、菜场里选菜、买菜、厨房里赤膊上阵——洗、刷、煎、炒。一切收拾完了，还想床上小憩一会儿。真可谓：午间一刻值千金。

可乡下来客，偏偏都选在这个时辰登门。用他们的话说，这时候上门"好找！"

我和妻子被这"好找"可难为坏了！本来，我们小家的饭菜已经烧好，一看来客人了，赶紧拎篮子奔市场——烧鸡、盐水鸭、花生米……专拣现成的买。买生的现炒现煮来不及。

吃喝完了，尽管上班的时间已到，但还不能走，客人们上门说的事情，还得着手去办：不是驾驶执照被城里交警查去了，就是乡下这阵子农药、化肥又紧张了，要么就是子女考学就差那么三五分……一句话，都是不太好办的事。刚走出大学校门就回到城里工作的我，好像都"能"解决似的。

妻子连讽刺带挖苦地说我——老相家可算是出了"能人"了，统管着城里的司法、民政、工商、税务……看样子计划生育的指标也在手里攥着哩！

怎么办呢？乡亲乡邻的，大老远地找到城里来，而且直接奔到你门上，总得想想办法帮助才是理儿。要不，人家不骂我进城两天半，眼高不睬人吗！

可我没想到，这样一来，事情反而变得"恶性循环"起来，村里边大事小事都奔我来了，而且一个传一个地把你的住处以及为人和善广泛宣传，弄得你是苦不堪言。

有一个星期五，我一个远房的表哥来找我。只因前段时间我给他弄过两包化肥，这回登门，老远就喊：

"裕亭弟，我又来吃饭啦！"

随后，鞋子一脱，单腿支在沙发上……其亲近的言语、神态，就像是我走散多年的亲骨肉。至于他这趟来，又要提出个什么为难我的事儿，那还得等吃过饭再说……

吃鸡煲

小街的十字路口，有一家鸡煲餐馆，专门经营砂锅炖鸡，并打出招牌，每只鸡28元，加汤、加小菜不再另外收钱。

一日，朋友来。我跟妻商量说："吃鸡煲去？"

妻欣然同意。

我们一家三口，外加一对小夫妻客人，花28元去吃一顿鸡煲，比在家里自己做都划得来。何乐而不为！

出门时，我揣了一瓶"汤沟大曲"。心想，能节省就尽量节省。

鸡煲餐馆坐下后，涂着紫色口红的女老板，拿着小本很是热情地过来了，开口问我："要几只鸡？"我知道一只鸡就是 28 块，两只鸡是 56 块，我说："就要一只。"

女老板建议说："你们五个人，一只鸡，就怕不够吃。"

我知道她在引诱我多买她们的鸡。我态度很坚定地说："就一只鸡。"

对方不再跟我争执，但人家很热情地问我："还要点儿别的吗？"

我知道她们的小菜不再另外收钱，就要了白菜心、香菇、小青菜什么的。

这时间，那女老板又建议我："有凉粉要吗？"

我说："来一盘。"

"花生豆呢？"

我想，有花生豆下酒，也是蛮好的，遂点头："来一盘。"

后来，她又问我要不要其他的小菜。我几乎都点头要了，我当时的想法就是：一只鸡 28 元，其他的都不要钱。

那知，最后一算账，花去 180 多。

我瞪大了两眼，不能接受这个事实。

可那年轻、貌美的女老板，一笔一笔地算给我听，一瓶雪碧 12 块，一盘凉粉 12 块，一盘花生豆 9 块……

我问她："不是说小菜不收钱吗？"

人家说："对呀，小菜是没收你的钱，比如白菜心、香菇、小青菜什么的，都没收钱。"

我说："那粉丝、凉粉、花生豆呢？"

女老板冲我笑了一下，说："这些不属于小菜，一律要另外收费的。"

我无言以对了。

这期间，朋友看我不大情愿，遂摸出钱包要付钱。我一看，怎么好让客人付钱呢，当即把钱付上了。

可出了门，妻子又算出她们多收了我们 10 块钱。我一听她们多收了我

10块钱，返身找她们"算账"去。

哪知，得到的回答是——启瓶费要了10块钱。

这比我带来的那瓶6块钱"汤沟"还贵出了4块钱。黑呀！

分 床

过了暑假，女儿就该上学前班了，还和我们大人挤在一张大床上，弄得我们各方面都不方便，再说孩子一天天大了，也该培养她独立生活的能力了。

这晚，妻上夜班，我哄孩子上床时，试探性地问她："扬扬，过了暑假，你就上学前班了。还和爸爸妈妈睡在一起，羞不羞？"

扬扬说："不羞！"

我说："怎么不羞呢？小朋友们要是知道了，人家会瞧不起你的。"这一来，扬扬不说话了。

我看她思想有些动摇了，继续做她的工作。我给她举例子，说她们班的小朋友，谁谁谁早就不和爸爸妈妈睡在一起了……正说着，扬扬忽地爬起来，抱起她的小枕头，去隔壁小床上睡了。

我故意没管她，看她能怎样。哪知，她自己拧亮小屋里的台灯，还学着往日她姥姥在这里时的样子，拉把椅子挡在床沿上，不声不响地躺下了。

开始，我认为她是跟我赌气的，一会儿就会跑过来。孰知，等我下床张望时，她早把灯关了。我想推门进去看看，小屋的门被她反插上了。

乖乖，这怎么是好？我敲门，里边没有反应。小孩睡得太沉。

我忙找来手电，扒在门上小方窗上往里边照，就看她小脸转向里墙，睡得正香。我担心她半夜里会不会滚下床，或是把被子蹬开了着了凉！

于是，我回到大屋后，翻来覆去地睡不着，一会儿爬起来拿手电往她床上照照，一会儿又侧耳细听她是否真的滚下床……这一夜，我记不清"观察"了她多少次。直至天亮后，我才迷迷糊糊地睡了一小会儿。可就在我进入梦乡时，忽听一声清脆的惊呼："咳！"

睁眼一看，扬扬已经穿好衣服，笑咯咯地站在我的跟前了。

哭泣的茶盒

妻子打扫卫生，把我一个香烟盒大小的茶叶盒给倒到垃圾桶里了。我知道后，责备妻子说："你快去给我找回来！"

妻子不解，瞪两大眼愣愣地看着我。

我一直没对妻子讲，那个破旧的茶叶盒，是我在最困难的时候买的。当时，我大学刚毕业，分配到华北油田曹家务采油厂上班，每天倒三班，日子过得寂寞而又单调。记不清是哪一天，我一个人到曹家务去闲逛，看上路边小摊上的一个茶叶盒，就手买了下了。之后数年，我屡屡搬家，都把那个茶盒带上。在我的潜意识里，那个茶盒，是我寂寞的伴儿，它代表着我人生的一段难言的苦难。

可妻子说："都锈透了！"言外之意，你扔到窗台上都几年没动了，还要它干什么。

我说："你去给我找回来。"

妻子说："我不去。要去，你自己去找吧。"

我说："你去，你扔的你去找！"

妻子委屈得要命，说我："你这人好没有意思！"遂转过身，不搭理我了。

我脸一沉，摸根木棍子真去找了。

回头，也就是我好不容易把那个茶盒从垃圾桶里翻出来时，妻子却趴在被垛上哭开了。

妻子说我有"事"瞒着她。并一口咬定：那个茶叶盒，一定是那个"挨千刀的"给我的情物儿。要不，我不会那样认真。

妻子说的"挨千刀的"，是我在曹家务油田结识的小冯姑娘。那女孩子对我挺好的，至于我们的关系发展到什么程度，在我和妻成家前，我都如实地对妻子讲了。原本那段没有结果的故事，妻子早就忘了。没料想，而今，随着茶盒风波的发生，妻子又提起她。这是我没有料到的。

我对妻子说："你想到哪里去了。这茶盒怎么会是她送的呢？"

妻子揉着泪眼，说："就是就是就是！"

我说："真的不是！"

转天，我下班进家，家中一片狼藉！妻子把我所有的东西都翻了个遍，并仔细查看了我一切信件和每一张有字的纸片。

妻子说，我既然有"事"瞒着她，就一定有她不知道的隐私。她顺着这个思路想下去，硬逼着我说出当初我与那个油田的女孩的关系发展到哪一步了。

我不想多说，一气之下，把那个茶叶盒拿到当院的石台上，用铁锤砸了个稀巴烂！

原以为这下好了，妻子可以完全放心了。没想到，妻仍旧揉着泪眼说："假的假的假的！"

我望着破碎的茶盒，无言以对。

含苞待放

搬进新房，离菜场远了，妻子每天要早起去买菜。一天早晨，妻子买菜回来，颇有兴致地带回一盆小花。进门就说："20块钱买的！好不好看？"

女儿抢先围上去，托在掌心，说："好看好看！"

女儿转身把那盆小花放在我跟前的茶几上，问我："好不好看？"

我瞥了一眼，心想：什么好看不好看，图个一时高兴吧，再好的花，弄到我们家也是白搭。全家人都不会养花。可那盆小花的确不错，尤其是那个小小的花盆，小巧而别致，如同书桌上的笔筒似的，六棱面、紫砂的。棱面上分别雕刻着杨柳、兰草、宜人等图案和名家书法。花盆里，是一棵绿莹莹的、厚叶的、蚂蚱菜一样的小绿树，枝杈间正含苞待放着几颗星星点点的小花骨朵，可谓绿树丛间点点红。煞是喜人、好看！

妻子去厨房里放下菜篮，又出来，告诉我们说：就在菜场门口，一个乡下来的小媳妇，拉来一平板车的花。这一盆，她要50块钱，硬讲价，总算20块钱买下来了！

妻子觉得讨了便宜，我也觉得不贵。凭我的感觉，光那只小巧玲珑的花盆，也值个三块五块的，更不要说还有一棵"含苞待放"的花在里面。于是，我很高兴地说："就放在茶几上吧！"

妻子说："那不能哟！"

妻子指着花盆里那些正在绽放的芝麻粒似的一个个小花骨朵说，卖花的那个女人告诉她，要把花盆放在太阳地儿见阳光，花朵才能绽放得鲜艳。

这个道理，原本是人人都懂的。可从"花农"嘴里说出来，就是不折不扣的真理了。妻子按"花农"嘱托，每天把那盆小花拿到阳台上去晒。我倒是喜欢将它放在茶几上观赏。尤其是午后泡一壶茶，坐在沙发上，边看电视边欣赏那盆小花，自我感觉挺有情调。

我为了突出那盆小花的红与绿、典与雅，精心把茶几上的茶具、烟灰缸什么的，统统收进茶几的抽屉，茶几上只放那盆小花。妻子想让那些小花快点开放，每当我上班离去，或是户外阳光好的时候，她总要把它拿到阳台上去接受阳光沐浴。

一连数日，那盆小花的花骨朵总也不见绽放，妻子怨我老是把它放在茶几上，见不到充足的阳光。我倒觉得那样"含苞待放"更有期待的悬念，何必让它过早地绽放，过早地凋零呢。妻子跟我争过几回，可能是感觉我的话有道理，也就依了我，不再去过问那盆小花了。

可时间久了，我也想让那些小花骨朵快点绽放。于是，我就仔细观察它为什么不绽放。这一细看，糟了！枝丫间，那些芝麻粒似的星星点点的小花骨朵，不是真正的花骨朵，而是卖花人用红丝线缠在大头针上做出来的。

当下，一种被人愚弄、欺骗的羞辱感，袭上我的心头。但我，很快做出一个决定，我不能把这个结果告诉妻子和女儿。因为，在妻子和女儿的心里，那盆小花是"含苞待放"的，是美丽的。我要保守这个秘密，最好是让这份美丽永远地留在妻子和女儿心田里。

然而，没过多久，女儿也发现了"新大陆"。那是一个阳光很好的星期天，女儿捧起那盆小花，想让它接受阳光时，突然发现了小花的秘密，她大惊小怪地告诉妈妈，说那盆小花上的花骨朵全是假的。

我原以为妻子听了这个结果会大吃一惊，没料到妻子不以为然地打发女儿说："好啦好啦，你放在那儿吧！"

想必，妻子早就发现了。

瞬间无情

小雨敲窗，叩问我萌动的心，一种幽远而宁静的心绪飘过——要不要给她去个电话？

三年多没有音信了，忽然间又有信来。她是怎么知道我现在的地址和邮政编码的？

信，我下午在办公室收到后，看了一遍，随手划根火柴，烧了！但信中，她说给我的她家中的电话号码我却牢牢地记下了。

下班的路上，以至饭桌上妻子问我菜淡菜咸的时候，我一直在下决心把她忘掉。但搁下饭碗，我对窗呆立了半天，竟然神使鬼差地抓过门后的雨衣哄妻子说："去看个朋友！"

出了门，却径直奔向街口那个电话亭……

按下那串号码的瞬间，我心里颇为激动。毕竟是三年多没有见面了，能听到她的声音也好，哪怕是她哭泣的声音！

但我万万没有想到，电话那头传来的是男中音："喂，哪里？"

我支吾了半天，也没说清自己是哪里。但我断定他是她的男人。她信上说：一年365天，他有300天跑在外头。今晚怎么这样巧。

"是吴凡的家吗？"我试探性地问他。

回答："是呀，你是哪位？"

"……"我鼓了半天勇气，问他："让吴凡接个电话好吗？"

对方没再言语，重重地放下电话。

接下来，是吴凡那甜润而又熟悉的声音："喂——哪位？"

我情不自禁地说出了我的名字。

"噢——"吴凡一个"噢"字咽下去半截，马上变了个人似的，风马牛不相及地说："……你要的花生油，我已经弄好啦！明天你直接找赵会计开票就行。"说完，没等我回话，便下了逐客令："还有事吗？没事，就这样了。"电话挂掉了。

我双手捧着"嘟嘟"叫的耳机，呆呆地立在电话亭里。心想，我们三年多都没见过面了，我何时找她弄过什么花生油哟？

当晚，我回到家，妻大吃一惊！她看我全身湿得像个"落汤鸡"，质问我：

"你的雨衣呢？"

刹那间，我才想起雨衣还在电话亭里……

红墙无语

北方，无雪的冬天，较为干冷。

而我，恰好选了一个北方干冷的冬日，走进我阔别了将近 30 年的母校。

我迎着尖尖的小北风，裹着一件鹅黄色的短大衣，满怀激动的心情，如同回到故乡一样走进母校。校门口、廊檐下的"名师榜"前，我驻足良久，煞费苦心地想寻找我当年的老师，可仔细看了两遍，"名师榜"上竟然没有一个是我熟悉的名字。

我深知，并非我当年的老师进不了"名师榜"，而是 30 年的风雨沧桑，让眼前的一切变得物是人非了。

我默默地沿着一条水泥路往校园里面走，迎面是一个绿莹莹的大操场，四周有银色的护栏围护着。我站在围栏外，想到当年这片操场隔壁，好像是一个汽车运输队。想必在我们离校不久，那个插入我们学校内部的车队就被"收编"了。再往前走，我从一栋大楼旁的小巷道内，看到两排简易的红砖墙平顶房。

当下，我一眼就认出那是我当年读书的教室。

那一刻，我怦然心动！我目不转睛地走近她，找到我当年读书的那间教室时，如同回到了母亲身旁。我轻轻地触摸着紫红色的木质门框和门两旁一块块清晰可辨的红砖墙，在心里说，30 年前，我与你们朝夕相处过！你还记得那个苏北来的乡下学生吗？他留着分洋头，穿着妈妈一针一线做的粗布衣裳。他在这里读了几年书，做过班里的学生干部、学校广播室的小记者、编过《校园生活》的油印小报。在这里，他得过"三好学生"的奖章。在这里，他写出了他平生第一篇见报的文章，题目叫《信得过的保育员》，发表在《华北石油报》上。之后，他还在《石油神》上发表过《搭车》、《巧售影票》、《油田纪事》等好多小说、散文呢。

然而，不管我心中怎样诉说，眼前的红墙依旧无语。

我趴在教室的玻璃窗上往教室里张望，模模糊糊地看到教室里前后两块黑板，好像还是原来的样子，但教室里的桌椅换了。当我的视线落到后排靠窗口的那个座位上时，我异常激动起来，那是我的座位。我很快绕到后窗，想近距离地再看看我当年读书的地方，脚下干枯的小草，却发出了一阵阵"咯吱咯吱"的声响，似乎是在质问我：你是谁？不知道我们正在冬眠吗，别来打扰我们。

我多想对脚下的小草说，30年前，我可是你们的伙伴呀！那时候，我每天都来读书给你们听，有时候，我还把茶缸里喝剩下的水分给你们喝呢。只可惜小草没有记忆，丝毫不记得30年前的我了。

我找到当年的学生食堂、图书室、卫生室……漫步在校园内每一处我熟悉的地方，亲切地打量着从我身边走过的每一个人，竟然没有一个我认识或认识我的人。

问　路

在去吴村的路上，我迷路了。

吴村，是我舅舅的村子。

过去，从公路上下道后，有一条"漫地岔"的羊肠小路，弯弯扭扭地穿过两三个村子，就拐到了舅舅村上了。

若说去舅家的小路，像一根绳索，那么，沿途的小村，就如同系在那根绳索上的一个个大小不一的疙瘩。

印象中，去舅家的小路，一到秋天，两边的玉米或高粱相夹着，跟电影《红高粱》上那条"高粱路"差不了多少，一刮风，两边的高粱叶子呼拉拉地乱响，怪吓人的！

可到了冬天，村庄萧瑟，田野一马平川，麦田间夹着绸缎般的小路，弯弯扭扭地牵连着一个个村子，可谓一目了然了。调皮的孩子，若是在早晨露水时，不经意地踩在中间的"绸缎"上走，那脚上的袜子、鞋，一会儿就湿透了！

我这番去舅家，正是冬天的早晨。当然，这早晨已不是我儿时故意去踩湿鞋袜的早晨了。

已在城里有了小家的我，下了夜行的长途客车，在公路边一远房的亲戚家借了辆自行车，顶着早晨浓浓的大雾，奔舅舅村里去了。可没走多远，我记忆中的小路就被一条条农田的干渠所切断了。

踩在松软的麦田埂上，我知道这不是如今去舅家的路了。但我坚信，我能找到舅舅村里去。小时候，我在舅舅家长到十几岁才离开，这一带的沟沟汊汊，我了如指掌。

我沿着有树丛的河堤走。可走着走着，我就迷了路。主要是雾太大了！

我站在一个辨不清东西南北的小桥头，想等个人来打听一下去向。可我等了半天，只听到小桥下的河水"哗啦啦"地响，愣是没等来半个人影儿。

我想奔个村庄去，打听一下去舅家的路。可四周的大雾，只给我留下"蒙古包"一样大小的空间。再远的地方什么也看不见。幸好不远处传来村庄的鸡鸣、狗吠声，我便寻声往前奔去。

还好，大雾中，我总算摸到了一个小村。最初从大雾中走出来的，是一位五十多岁的大妈，她头上裹着一块灰不灰、蓝不蓝的包头巾，上身穿着那种老式的对襟袄，下身就是电影《红高粱》中九儿穿的那种"一掖得"的大棉裤，灰乎乎的，穿在腿上很笨重的样子。她手里端着一瓢金灿灿的玉米面儿。想必，那是她刚从邻居家磨出来的，一家人的早饭要用的糊糊（稀粥）面子。

我迎上去，叫了一声大妈，问她："去吴村的路怎么走？"

大妈上一眼、下一眼地打量我，并从我的穿着上，看出我是个外乡人，很是关爱的眼神盯着我，说：

"错了，你走错了！"

大妈说："你已（既然）走到这里了，你就接着往西去吧！"大妈说，这样走的话，还要走一段小路，并指给我那段小路，要先往西走小半里，接着往西北方向走，途中有两道浅水沟，还有三个岔路口，叮嘱我在什么地方下道，什么地方拐弯，让我记好了，千万别在这雾天走错了。

我点点头算是知道了，并谢了大妈往西去。

这时间，大妈跟在我后面喊："三个岔路口！"

我骑在车上，大声说："知道了。"

大妈说："过第二道小河时，要拐弯！"

我说："知道了！"

大妈说:"……"

就在我第二次说"知道"时,我已经看不清我身后的大妈了,雾太大!五六米远以外就什么也看不见了。

但我记好了大妈说的去向和"拐弯",慢慢地骑在车上往前走。果然,不远处就遇到一条小河汊,我扛着车子,踩着小河中的石块过了小河。往前走了不远,又遇到第二条小河汊。这时,我身后忽而传来大妈的喊声:

"走西北方向的那条路,西北方向!"

第二道小河对面,有两条岔道。大妈怕我走错,跟在我身后,一路跑过来指给我。这是我没有想到的。

那一刻,我非常感激大妈,我冲着大妈说:"感谢了,大妈!"

大妈在河对岸说:"这回,不会错了。"

说完,我还没走,大妈转身回去了。

问路

制　服

　　妈妈想跟我要件制服给哥哥。可她一直没好开口。直等到第三天，也就是我要回城的前一天下午，我妈端着猪食瓢堵在小里间门口，问我："二子，你发了几身衣服？"

　　我说："春秋两套，夏天两套……"

　　妈妈思量了半天，还是没有直说。我妈说："你哥哥的身条和你差不离。"

　　言外之意，我的制服，我哥哥也能穿。

　　刚来的那天下午，哥嫂一直陪着我。其间，我出去送客人时，嫂子还扯着哥哥到小里间试穿了我的制服。

　　现在，我妈说话了，我还能说什么呢。我答应给哥哥一身制服。

　　当天晚上，哥哥过来请我去他家吃水饺。想必，是我那身制服起了作用。

　　饭桌上，哥嫂很高兴，我却一直抖不起精神。

　　"淡咸呀？他叔。"

　　嫂子人很精明，手也很巧。包出的饺子个个鼓弯弯的，很诱人！淡咸本来是适中的，可嫂子非要我再表个态。我自然说好！嫂子这就笑，问我："什么时候把小婶子带来？"

　　哥哥插话，说："是该有个女人啦，趁穿着现在这身服装。"

　　我笑笑，眼睛没离碗里。

　　"到时候，我帮你一把。"哥哥说帮我一把的时候，还分析了城里花费多，公家人就靠一点死工资等等。但嫂子始终没有吱声。

晚饭后，我推托明早要起早赶路，早早地睡下了。

半夜里，忽然被哥嫂的吵闹声惊醒。

开始，我认为是嫂子质问哥哥饭桌上要"帮我一把"的事。可仔细一听，还是为了我给的那件制服。

嫂子认为，制服既然给了哥哥，挂肩章的肩绊子就多余了，一剪子给剪掉了。

没想到，哥哥不干了。哥哥训斥嫂子说："你剪掉了肩绊子，谁知道我穿的这是什么衣服？嗯！"

制
服

串　门

吠声急促的时候，福来老爹猫着腰从小屋里出来。

他是西小坝看树的。

我和哥哥饭后沿着村前小河转着玩，不觉得到了他的小屋前。

"进去坐坐吧！"哥哥说，"俺家的地全在他的小屋前。"言外之意，春种秋收福来老爹帮过俺家不少"眼睛"。

"他眼神不好！"哥哥告诉我。

果然，我都看清他大襟上粘挂的草叶儿，他还在那儿打着眼罩，拉长脖子头高头低地张望。

"吃了没？表老爹。"哥哥故意大声搭话，以便引开猛往前扑的狗。

"是裕阁呀？"他偎过声音来，就唬住了猛往我们跟前扑的"大黄"。随后，福来老爹问哥哥："后面那是谁？"

哥哥说："是我二弟。"

"是你二弟？"福来老爹一愣，"就是北京念书的那个？"

其实，我当时读书的地方离北京还有一百多公里，一定是哥哥平时跟他瞎吹呼，说我在什么地方读书啦等等。哥哥告诉他："已经毕业啦！分在咱们市里头工作。"

"噢！分在市里工作。有出息！"福来老爹边夸赞，边背过我，拍打衣襟上的草叶和尘土。

这时刻，哥哥半是嗔怪、半是提醒地质问我："你不认识俺表老爹啦？"

我笑。我看着表老爹笑。

温暖的石头

村子大了，杂姓也多。我打小就东庄西村地上学，本家窝块的五叔六大爷都分不仔细，上哪儿去认这么个表爹哩。但哥哥既然这么说了，我还是叫了声："表老爹！"

　　叫的声音，我自己都觉得勉强。可福来老爹却听着亲切，立马亲热地喊呼我："快进屋坐，俺表孙子！"那语气、那神态，好像我是他走散多年的亲骨肉。

　　回头，哥哥陪他在小屋里坐。我独自坐在小水坝上观风景。工夫不大，福来老爹打着眼罩喊我。

　　哥哥也大声喊我。

　　等我再回到小屋，小桌上已经为我剥好了一大碗白生生的鸡蛋。

　　"趁热吃吧，俺表孙子！"福来老爹满脸笑容地递过筷子。

　　我笑，摇手，说："我不饿！"

　　"不饿，一碗鸡蛋也吃下啦！"福来老爹硬把我按在小马扎上坐下。

　　哥哥在一旁插话："吃几个吧，表老爹好心为你煮的。"

　　我说："不饿怎么吃？"

　　"你看俺表孙子，你哥哥都说话啦，快麻利吃吧！"福来老爹说完，忙用筷子叉住一个鸡蛋就往我嘴里塞。

　　我摇头躲闪。

　　福来老爹左右往我口中塞。可我，始终没有张口。我刚在家吃过饭，不饿！

　　殊不知，这一来，好像伤着了福来老爹。当下，老人的脸儿拉长了，不搭理我了，尽跟我哥哥啦呼村里的事儿。

　　回头，我和哥哥起身告辞时，福来老爹只对哥哥说：

　　"有空再来呀——裕阁！"对我，只字没提。

串门

141

火车上

火车上，她知道我会写小说后，就问我："包里带来你的小说了吗？"

我笑。

她说："拿出来给我看看。"

我不声不响地从身边包里拽出一本当月的《小小说选刊》，指给她这里面哪一篇是我写的。还说，这本小册子不错，里面的文章都不错。我还告诉她，这上面常选我的小说，你以后可以注意看，凡是有姓相的就是我。

女孩不吱声，先翻到有我文章的那一页，看一眼作者名字，又抬头看我，问我："这一本，送给我好吗？"

我几乎没怎么犹豫，就答应她，说："行。"

老实讲，我很喜欢眼前这个女孩。她皮肤虽然不是太白，可她那一双大眼可撩拨人了，一会儿看你一眼，一会儿又看你一眼，她还趴在茶桌上，脸儿跟我贴得很近地跟我讲话。

她问我："你还写了什么小说？"

我说："可多了。"

"都发在什么地方？"

"好多杂志上都有。"

"咦——"

我问她："你做什么工作的？"

她反过来问我："你看呢？"

我看她的手，肉肉的，指甲儿全都修剪成月牙状，但没涂指甲油，挺自然的那种。就说：“你是医院里的护士？”

她笑，显然不是。

我说：“是幼儿园的老师？”

她仍旧笑，但这一回她笑的神态与刚才不太一样。她问我："你是怎么知道我是老师的？"

我指着她的手说：“你不像是做体力活的人。”

“咦——”

她惊讶一下，说：“是吗？”随把她的手翻过来、调过去地认真看。好像她至今才发现她的手上还有什么“新大陆”似的。等火车就要到前方站时，她告诉我她要下车了。

那时间，我真舍不得她走。她好像也有些留恋似的，就在她整理茶桌上的东西时，她突然打开我给她的那本《小小说选刊》，翻到有我小说的那一页，对我说：“你给我签个名好吗？”

我笑笑，冲她轻轻点下头。

但我接过那本小册子后，不但签了名，还给她写下了我的电话号码。我告诉她，这是我家里的电话，并说：“我今晚到家，明天在家休息一天，你最好明天给我打个电话。”

她笑笑，把那本小册子卷成一圆筒，轻握在手里，就在她离开座位的一刹那，她拿着那本小册子冲我的脑门儿一点，但没点到我就缩回去了，悄声说了一句：“明天，等我的电话哟！”

说完，她就消失在下车的人流里了。

火车上

与兆亮泪别连云港

昨晚，送走了兆亮。

现在是清晨五点钟，兆亮还在去杭州的火车上。

我与兆亮相识，满打满算，应该是七个年头。

他读大一的那年后秋来过我家，之后，每逢周末或节假日，他会带着小说打印稿来见我。当年的春节，他已经放寒假回到邳州老家，又专门坐火车回来，带给我邳州的银杏茶和当地的腌菜、小米。那时，他还是个孩子。但，我已从他的文章中，料到他会写出后来的《青岛呀，青岛》。

回顾与兆亮相识的七年，我只为他向《百花园》、《小小说选刊》主编杨晓敏老师推荐过一篇稿子，那就是《青岛呀，青岛》。之前之后，他送书稿来时，我感觉可以的，会建议他投到某某报刊，但我从不为他投稿子，我不止一次地暗示他，文学这条道，一定要靠自己去闯。可惜的是，《青岛》之后，兆亮作为我们小城的晚报记者，忙于生计，整天像只蜜蜂似的，飞舞在我们这座小城的各个角落里，为市民们采花献蜜。尤其是后期，他采写的新闻稿件荣获省内外新闻大奖时，创作小说的时间便越来越少了。以至于很多时候，是我把他约出来，用我的小说理念来引诱他再去寻找小说的灵感！比如，我在创作《无言的骡子》的那个晚上，我们相约在苍梧绿园，月光下，当我讲到老人与骡子的感情时，他很快被我小说中的主人公感动得手舞足蹈。那一刻，我看得出，他骨子里，还是深深地爱着小小说的。

兆亮工作的《苍梧晚报》社，到我现在的小家，直线距离不足千米。周末，报社没有午饭，我会约他到我家，品尝我亲手做的小海鱼。每回，他都吃得脸上汗津津的！

我曾在冬日的大风夜里，与他电话相约，他从报社骑一辆废旧市场买来的自行车到我们家楼下，之后，他扔下车子，与我到城外盐河边散步。好多次，我在我们小区的大门口等他，他随手把车子扔在门卫那里，与我并肩融入这个城市的午夜里。我们踏着月光、仰望着满天星星，说文学，谈人生，讲做人。说到伤感处，我会告诉他，你学我的长处，千万别学我不好的个性。

多数时候，他沉默不语。但他心路明朗！他曾在我工作不如意时，带我去过枫树湾，那是我们连云港一个不起眼的风景区。但很别致，曲径通幽，极有味道。他做记者时，跟着市里领导去过那里，他觉得那里很美！他领我去的时候，正值满山枫叶红遍。当天中午，我们两人小醉过后，他带着酒气跟我说：走，我带你去枫树湾。

过后，我才知道，当天他有很重要的采访任务——著名猴戏演员"六小龄童"到连云港。当时，他是跑文化口的记者，责无旁贷要去采访他。

然而，当他遭遇重创，面临逆境，尤其是他近两年来，一次又一次去江南应聘，一次又一次地受挫时，他曾极度陷入郁闷之中。那样的日子里，我约他出来散步时，两人时常半天无语，慢慢走在盐河边。我鼓舞他的最好方法，就是给他讲动物世界。我说，雄狮争斗时，强者胜！受伤的一方，面对伤痛之处，只有靠自己的舌头来舔舐。他默默地听着，极少回答我什么，但我感觉到他的拳头在一次又一次地攥紧。

还好，杭州《都市青年报》总算是慧眼识珠，把刘兆亮从我们苏北小城连云港选走了。这是刘兆亮梦寐以求的，他的女友早就在江南等他了！

我送别刘兆亮的方式，很独特！首先我选在我们小城最好的"大光明酒店"安排了一桌饭，寓意着他前途光明！请客时，名义上我只请他一个人，但我告诉他，你可以带上你在连云港相识的最好的朋友，男的女的，都行。开场白，我是这样说的："我与兆亮相识六年多来，今天，我第一次以兆亮的名义，请大家吃饭！"

兆亮傻笑。

火车站送别时，刚开始，他谈笑风生。后来，火车就要进站时，他突然话少，且面无表情。我说："男人要壮行，不许落泪！"

兆亮沉默不语。

然而，当我在检票口，与他握别的一刹那，他立马转过脸去，不再回头看我了。我知道，他在落泪……

写于 2008 年 7 月 3 日清晨

附：兆亮网上回帖

那么多记忆留在海边，留在相老师身边。

七年，是不短不长的时间。但对于连云港这样一个城市，对于我真的要离开的一瞬间，我才感觉七年似一个大厦，瞬间将我压顶而来。

是的，隔着车站铁栅栏握住连云港的手，不，相老师的手时，我转身就走了。眼泪急得团团转，直到火车将我启动时，我才将眼泪洒落在钢铁上。没有回音，竟然像水消失在水中一样静谧。

今天下午四点到了新的办公室，杭州日报报业集团的 14 楼，分到了办公桌与电脑。

在新闻开始之前，我愿意把所有在杭州的第一段文字都呈现给小小说作家网。

相老师将我在连云港的记忆细节化地表达出来了，真的，真的历历在目。

从 2007 年开始我没有写出新的小小说，所以也一直心怀愧疚。有相老师在旁边督促，我会每周抽出时间来阅读，认真地阅读，为小小说激动。

有那么多记忆，我现在竟然在相老师的帖子后写不出来了。

我想我会写在小小说中，我还会回到小小说的状态。在杭州我可能会暂时孤单。今天报社的分管领导和我讲述这份报纸的特色，就是要做到"温暖而美好"，多么高尚的定位啊。多么像小小说啊。

温暖的石头

目前，我做的是社会新闻、都市快报的，这一块尤其是要做到有人情味，有普世意识。

连云港的回忆不会随记忆风干，那里有海、海风、山、老师。

在这里我会将脚踏入土地更深，尽管隔着厚厚的柏油、水泥地，也向相老师及关心我的朋友在作家网上道一声：谢谢，兆亮会努力！

与兆亮泪别连云港

就想看看你

故意绕上一段路，想在你经常路过的地方遇到你，并非有什么话要说，或有什么事情要做。目的就是想看看你。

你不认识我，或许心目中压根儿就没有我这个人。可我却悄悄地思念着你。

那时候，我家住在海州，单位的临时办公室在新浦，我每天骑单车上班，总在来回的途中与你迎面"相逢"。

你好像在西环路那家光学仪器厂上班，这是我每天与你错车时察觉的。从你上下班的准时性和衣着的优雅、整洁猜测，你不会是车间的普通工人，起码不是机床上的操作工、翻砂工之类的，十有八九是厂部的打字员、统计员什么的。因为我曾仔细地观察过你的衣着，你每天的衣裙一尘不染，就连脚上的袜子、鞋，都干干净净的。夏日"打短"的季节里，你很少穿长筒袜，一双洁白的对对袜上，好像经常点缀着小熊猫、小松鼠之类的小动物。

我说不上你有多美，但我深深地爱上了你。

有一段时间，我上下班途中若碰不上你，心里就顿生苦闷，甚至一整天都没有精神。有时，为了看到你，我故意在那段能碰到你的路段放慢车速。不管你是在上下班高峰的车流里，还是与同伴们边说边笑地拖在后边。远远的，我一眼就能从众人中找到你。

不能如意的是，每次见到你的时间太短，满打满算也就是十几秒钟，况且中间还隔着一条车水马龙的柏油路，"短兵相接"的关键时刻，若有辆卡车一挡，就很难看到你的身影了。

印象中，我离你最近的只有一次，那是夏日的一天傍晚，一辆外地的大货车撞翻马路边的一家水果摊，来往车辆堵塞后，上下班的行人都要从那辆横卧马路中间的货车尾部擦肩而过。我与你恰好在"擦肩处"相逢，你好像还看了我一眼，但很快又转过脸和同伴们说话，说了句什么我没有听清，可我觉得你讲话的声音非常好听。也就在你讲话的瞬间，我故意推着车子往你身边靠了靠。当时，我感觉你的手或是手臂触到我，过后想想那是我的腰肢挨到你的车把上了。就这，我激动了整整一个夜晚。

有时候，我突发奇想，渴望你能像我留意你一样来留意我。可我又怎样让你留意呢？我又有什么地方值得你留意呢？我在苦思冥想的煎熬中度过了无数个日日夜夜。

终有一日，我们单位在海州建好了办公室大楼。也就是说从此以后，我要到海州上班了，再没有机会与你朝夕相见了！接近搬迁的那些天里，我心里苦闷极了！真想把我要搬迁的消息告诉你。可转念一想，那样做不是太滑稽了吗！你是我什么人？你知道我是谁？我把搬迁的事告诉你干什么？

这以后，好长一段时间，我有事没事地总是要往那段路上绕一绕，为的就是能看看你。

岂不知，我所能遇见你的机会，实在是少之又少！

多少回，我希望而去，失望而回。

眼下，四五个年头过去了。这期间，我娶了妻子，有了孩子。想必，你也早有了自己的小家庭，可我依然思念着你。

海州拾趣

有人戏言海州：市桥没有桥，西门没有门，横幅——古城海州。此话差矣！那不是古城海州。而是今日海州。

古老的海州城，西门就是城池的西大门。市桥，理应是护城河边的一座挺威武的桥梁。或许，当时桥上还有集市呢。要不，怎么称之为市桥的？

前两年，海州城的大街小巷里，时常会出现一个痴子——大怀。

想必，上了岁数的老人以及当今的小青年，都不会忘记他。大怀虽痴虽傻，但大怀挺可人疼！他一不胡来，二不胡闹，谁家盖房子垒墙，他还主动帮助抱砖拿瓦。他是富家子弟，有家谱可查，他是沈家的后人。

沈家，清末民初，最辉煌时是沈二老爷沈云霈，官至朝廷三品顶戴花翎，了不得！

传说，沈云霈当年回来给祖父办丧事时，海州城内，只要去吊唁的，门前的粥锅让你尽饱地喝，倘若你再磕上几个响头，当场就赏你一块现大洋。那场面，你想去吧，要多体面有多体面！

然而，沈家的辉煌褪去后，留下一个沿街乞讨的大怀，还是个痴子傻子，真是世道难平。话再说回来，既然称得上古城，就该拥有大怀那样落魄的富家子弟，才更加显出古城的厚重来。如果，莫大的海州城里，连个落魄的才子佳人都没有，那还叫什么古城？

今日，追溯海州古城的容貌，对老一辈人来说，如同回忆一张褪了色的旧照片，虽记忆犹新，但当初的画面早已模糊不清了。而对于现代的年轻人来说，好比是月夜看花，虽看不清它娇艳的花容月貌，但能想象到它

温暖的石头

在阳光下的灿烂与芬芳。而对于咿呀学语的孩童来说，古老的海州城，好比是一本读不懂的神话，如同塔山古道一样神秘。

我是80年代后期移居海州的。那时间，新建路就是海州的长安街了，夜间稍有灯光闪烁。海州大医院门前，虽有两排参天的大树，但两边的小房子，已把中间的快车道挤得水泄不通，尤其是上班高峰时，抢道的车铃声、喊呼声、汽车喇叭声，声声入耳，声声无奈。行人直至上了幸福桥东去，才算豁然开朗了许多！

那时间，还没有今天的白虎山小商品批发市场。但每周五中大街那点短脖子街口处，有"夜市"。

说是"夜市"，并非夜晚的集市。大白天云集着城内居民，买的卖的，高一声、低一声地喊呼，卖布，卖鞋，卖男人的帽子、打火机，卖女人用的真丝巾、奶罩子、跑鞋口的匾带子之类的。再者，就是几个山东老侉子，推着平板车，在夜市的一角，摆开地摊儿，卖城里人家家户户都要用的扫把、笤帚、拖布、铁铲子、拔火筒、抽水把子、挂蚊帐的长竹竿等等。但是，没有卖牲畜、卖农具的。更没有今天白虎山小商品市场上那样——卖钢材、卖家具、卖电动车、卖天南地北来的你想要的一切。

印象中，傍晚散步至青龙桥头时，有一家卖过桥米线的小摊儿，三五碗撒上葱花、香菜、蒜米，泼上香醋、辣椒油的过桥米线，蛮诱人的。尤其是那个年轻、貌美的女店主，个子不是太高，身条儿很好看，笑起来满脸的羞涩与灿烂。再加上她爱穿着、会打扮，肌肤白嫩得能弹出水来，高挺的胸脯下，轻扎着一件古色古香的小围裙，行人至此，即使肚子不饿，眼睛也饿了。尤其是男人，还过桥去干什么，赶快坐下吃吧！

海州拾趣

诱人的花果山

知道花果山，已经很久了，大概在我还不会看连环画的时候，就听我一个当民办教师的表叔讲过。当时，他只讲孙猴子是从花果山上一块大石头里蹦出来的。至于花果山什么样子，不知是他没讲，还是他讲过我忘记了。总之，在我童年的记忆里，对花果山没有一点的印象，哪怕是传说中的印象。

但是，自从我表叔给我讲过孙悟空以后，我就知道这世界上有个花果山。那时间，我丝毫不知道花果山就在我们连云港。

文革期间，父亲因闹派性，躲在赣榆移民的居住地——锦屏桃花涧。

半年后，父亲回赣榆老家，跟我们全家谈起他去过花果山，讲到水帘洞时，说真有那么回事，半山腰里忽而闪出一个大山洞！里面有水，山上有瀑布。我打断父亲的话，问他看到花果山上的猴子了吗？

父亲想了想说，好像是没有看到。

那时，正处在"文革"期间，闹不好花果山还没有正式投入风景区建设。父亲他们去玩，兴许是他们在桃花涧那点小地方呆久了，一帮人想出去散散心的，有意无意地就跑到花果山去了。

至于花果山是何时投入景区建设的，我说不上来，也没有去详细地翻阅过有关资料。我初登花果山时，盘山公路以及沿山而上的石阶、索链、三元宫什么的全都建好了。

那一年，我正读大二，新浦工务段有我一个高中同学，就在我假期路过他那儿"落脚"时，他领我去登了花果山。

我们怀着对花果山向往已久的美好心情，一人一辆自行车，赛车手一

温暖的石头

样，他追我赶。来到花果山下，我们将自行车存在一户老乡家中，望着眼前青松翠柏掩映着的山峰，迫不及待就往山上跑。拾阶而上时，连瓶矿泉水都没顾上喝，就那么一口气跑到水帘洞，花了两块钱，拍了一张合影，就那么打道回府了，就那么算是去过花果山了。

后来，那同学把照片给我寄到学院后，我跟人家讲起花果山时，只能说我去过花果山，见到水帘洞，再让我往深里说，我似乎什么都不知道。这就是我第一次登花果山。

1992 年，我已在市区有了小家，徐州一同学携爱人孩子来，指名要去花果山。当时，我尽地主之谊，考虑那同学拖家带口的爬山不容易，托朋友弄了辆吉普车，"呜呜呜"地开到玉女峰。

面对豁然开朗的山顶，可谓一览众山小了！山顶上除了视野开阔，再就是四面而来的山风凉爽袭人，我们先后在太白涧、观日亭、玉女峰附近，借脚下的云山雾海，和太白涧北坡的深涧红叶为背景，留下几张照片后，便驱车而下，车到三元宫后，稍作小留，没烧香拜佛，就进了佛门圣地。

这一次，使我收获最大的是，我们从三元宫出来后，到观松亭旁边一个卖冰棍的老人那儿买冰棒吃。听那老人讲，不远处那棵美人松，是当年三元宫里大和尚的老相好，每当夜深人静，那大和尚就能看到那棵美人松变成一个倾国倾城的美人，大和尚久看不厌！久而久之，大和尚竟然不思佛事，耽误了三元宫里上百个和尚的佛门前程，气坏了王母娘娘，特派雷公下来，一个响雷，劈死了那棵美人松，让她永远不得迷惑三元宫里的和尚们。

这个故事的真假，暂且不论。可那棵美人松确实是死了。是不是雷劈死的不知道，但从那棵古松的树洞里可以看到，里面有不少人烧香、拜佛而焚烧的痕迹，也许就是那些善男信女们，毁灭了那棵美人松倾国倾城的美丽。

时隔八年，我第三次去花果山。

诱人的花果山

这一回，是我们一家人，陪武汉来的姚女士。

这位姚女士，利用国庆节七天长假，携9岁女儿，看了我们连云港在武汉做的连云港三日游广告后，以编辑部老师的身份，打电话给我，专程要来看花果山。

她们母女是早晨8点多钟下的火车，我原计划让她们住下来稍事休息，第二天再作安排。可那姚女士，尤其是她那9岁的女儿，可能是看《西游记》太多的原因，下午就急不可耐地要登花果山，并一定要从山门一步一步地拾阶而上！

无奈何，我们一家人陪着。

来到花果山下，先是新修的石猴山门，让孩子们眼睛一亮！那些或坐或蹲或跳跃的石猴们，千姿百态，妙不可言。踏上仙人桥，攀登竹节岭，正当我们为攀十八盘而气喘吁吁、汗流浃背时，眼前忽而出现了风门口。那儿是两山相逢的抽风口，它的东面峡谷万丈，西面万丈峡谷。大海中有"无风三尺浪"之说，那风门口里，可是满山无风尽有风！

晚清时，林则徐驻守淮安，到连云港视察海防，攀上风门口时，留下了"半岭吞云竹树昏"的感叹。从当时林则徐的处境看，他是想借句来抒发他忧国忧民的心态。就字面而言，不难看出，在那半岭之上，竟然有吞云吐雾的山风，吹动着满山的竹树。

离开风门口，沿山而上，直奔花果山的名胜——水帘洞。

当天，水帘洞上方的瀑布很大，不少人打着伞往洞里冲，半道上又被那飞流直下的瀑布挡了回来。武汉来的姚女士，被那"人"字型的水帘洞所诱惑，不顾一身绸缎，挽起她的女儿及我们家的扬扬，就要往洞中冲。

好在我们来时带来一把遮阳伞，此刻正好派上用场，我和妻子远远地站在一旁的护栏旁，准备给她们拍照。姚女士打着伞，两只胳膊底下护着两个小孩，不顾一切地冲进了洞内，就在她们的鞋袜、衣裙，被瀑布湿透大半的时候，她们还站在洞口冲我们挥手微笑哩！不断地摆出造型，让洞外的我，给她们一张又一张地拍照。

接下来，她们冲我们打了个手势，就钻进了洞中。我原认为洞很浅，她们很快就会返回来。可我和妻子在洞外左等右等，总不见她们返回来，而且进去的人，很少有返回来的。

我正在为此纳闷呢，忽听我们身后的山崖下，有人大声地喊我们。

这时，我才知道，那个水帘洞，在山里绕了一个弯儿，直接通到山下边不远处的一片空地上去了。那儿，有一个高高大大的猴笼子，几十只猴子被关在里面的猴山上，供游人观赏。也有几只听话的猴子，被放出猴笼与游人戏嬉。

令我惭愧的是，我到花果山多次，从来不知道水帘洞可以直通下面的猴园，是我过去没有钻过水帘洞，还是认为花果山、水帘洞就在我们的家乡，就在我们身边，没啥大意思，没啥可钻的呢？这真是"不识庐山真面目，只缘身在此山中"呀！想想自己走过的几多风景名胜，又有哪些能与我们连云港的花果山相媲美呢？

接下来的游览，更让我汗颜！我竟然不知道上山的路有好多条，其中巧夺天工的七十二洞，让我这个"本地人"大开眼界！想想前几次我也曾走马观花地来过花果山，可每次来不是原路返回，就是沿公路下山，而花果山的曲径通幽，竟然与我陌不相识。

这使我想到，花果山不是走马观花就能游得完的，不是一次、两次就能看得遍的，我要不止一次地再来看她。

诱人的花果山

雨落鲁镇

赶在一个落雨的日子，来到鲁镇。

小街上，五颜六色的伞海里，掩映着随身听、高跟鞋、手机、传呼机等现代文明。匆匆而过的"的士"中，偶尔闪现出一顶鲁镇上特有的绍兴毡帽，且不停地摇晃着手中的小铜铃，大声喊呼"闪开，闪开！"那便是鲁镇上特有的一道风景——人力车夫。

他们的穿戴，仍旧像鲁迅小说里描写的那样古朴，穿马夹、戴毡帽，一路碎步地跑动着，身后的车子着意装扮得古色古香，以便引起游人的兴趣。坐到车里的人，大都是异地而来的游客。他们中，或爷孙相依，或情侣相伴，或独自一人眉开眼笑地坐在那古董一样的车棚里。

那些远方而来的游客，无论是坐在车中，还是漫步在那缝隙中长有青苔的青石板路上，都有一种"鲁镇，久违了"的感觉。路边河汊里，乌篷船头的摇橹人，不时地向你打手势，邀你坐他们的乌篷船，当你看到他们穿蓑衣、戴斗篷的装束，"吱呀，吱呀"地摇皱一河碧水，向你靠过来时，那种鲁镇上特有的景致，让你不知不觉地走进鲁迅的小说中，走进那个并不遥远的年代。

我随团队而行，没有机会去独自体味人力车、乌篷船的滋味。但我身临其境，已经融入那车、那船、那个古老的鲁镇。

此刻的我，撑一把杏黄色的"天堂伞"，流连忘返在那湿漉漉的小街上，步入鲁迅先生儿时玩耍过的河街，如同走进了一幅斑斑驳驳的油彩画中，感悟先生的足迹，聆听"三味书屋"当年的琅琅读书声，想象"百草园"中曾经发生在先生身边的故事，不由自主地敬仰起来。

温暖的石头

快晌午的时候，大家首选孔乙己先生吃茴香豆的地方进餐。远远地看到高楼间镶嵌着"咸亨大酒店"的招牌，无不为那招牌上的白底黑字所激动。踏上铺到楼外的红地毯，还没容我们去想象当年的孔先生，是否也走过我们脚下这样的红地毯时，三五个训练有素的女服务员，着一身葱绿的膝盖裙，系黑底红花的兜肚，青一色宽口布鞋，笑盈盈地迎出来。打头的一位妹子格外漂亮，她引我们到二楼大厅里落座后，立马端上来一碗碗沏进许多往事的盖碗茶，引诱我们：喝不喝绍兴老黄酒？要不要孔乙己爱吃的茴香豆？

　　逗出满桌的笑声后，那妹子书归正转，帮我们介绍了绍兴黄酒，喝时如何平和，酒后，劲头又是何等的足！吓得几个曾一度跃跃欲试酒量的同伴，面面相觑了一番之后，都说，先要一点儿尝尝。

　　好在茴香豆不醉人，喝茶的时候，大伙吃着耍一样，要了一盘又一盘，正儿八经地做了一回孔乙己。等酒桌上斟满香喷喷的绍兴黄酒，品味那绍兴干菜、绍式虾球，以及清汤鱼丸、头肚醋鱼、猴头馒头时，早就把那茴香豆弃之忘也了！

　　走出"咸亨大酒店"，人人都为做了一回孔乙己而兴奋！

　　然而，那股兴奋的劲儿尚未消退，忽而有人在大酒店东面的矮小的灰瓦房跟前，发现了孔先生的真面目——一座铁铸的黑色的孔乙己雕像。

　　大伙风风火火地涌过去合影，这才发现，真正的"咸亨酒家"，是在孔先生的雕像身后。而我们刚才踏着红地毯走进的那家"咸亨大酒店"，是后人扩建而成。击掌错矣的同时，无不为花了高价钱，而没吃到正宗的"咸亨"酒菜而遗憾。

雨落鲁镇

王者风范

　　大丰东去五十里，村庄稀了、少了，林子深了、密了，水塘、溪流，人为的干渠增多，绿林、湿地、碧草连成一片。那里是黄海东移后，留下的大片滩涂，但听不见海浪击岸的涛声，只见一群群白鹭，穿梭在苍翠的树林里，那便是麋鹿出没的地方——大丰市国家级麋鹿自然保护区。

　　麋鹿，民间又称四不像。它的角像鹿，尾巴像驴，蹄子像牛，颈像骆驼。但从整体来看，哪一种动物都不像，它性情温和，吃植物，原产我国，曾一度漂流到国外，属于国家一级保护动物。

　　我们去的时候，正赶上麋鹿们一年一度的发情期，蜜蜂一样鸣叫的电瓶游览车，悄无声息地带着我们，穿行在保护区内绿荫掩盖的甬道上，慢慢地接近尚未完全放生的麋鹿群。

　　忽而，不远处的密林里传来"咔嚓!"一声脆响，电瓶车司机兼导游，十分警觉地停下车子，转过头来，极为神秘地告诉我们，说："这是麋鹿们在争夺王位。"

　　导游说，每年的这个时候，雄性麋鹿，为了争得妻妾成群的王者地位，要不惜生命代价，展开血雨腥风的王位争霸战。具体的争斗方式，如同当今足球淘汰赛一样，先是两两展开预赛，战败的一方，再没有胆量参加下一轮角逐，只有俯首称臣地退到一边，甘拜下风。胜利者一方，重新两两组合，展开第二轮角斗，以此重复下去，直至战胜出鹿群中最后一个"常胜将军"，它便是本年度的"鹿王"。

　　鹿王拥有鹿群中至高无上的地位，它统治着整个鹿群，只有"鹿王"才拥有与母鹿交配的权力。也只有"鹿王"，才配得上那些性情温顺而美丽的母鹿们。

但鹿王要有王者风范，它要带领鹿群寻找到草肥水美的家园，它要保护好鹿群不受外来敌人的侵犯。

鹿王时常要把自己打扮得与众不同，最突出的特点是，它要在泥塘中滚一身泥巴，角上挑起一束乱草或青翠的树叶，向那些正在发情期的母鹿们展示它的威武雄壮，让母鹿们心甘情愿地投入到它的怀抱。

这其间，若有不从者，轻者，鹿王要吼叫，或用眼睛逼视对方乖乖地听话；重者，鹿王用蹄子踢打或以它强壮的体魄追赶，直至对方精疲力竭，再也跑不动为止。

我们去的当天，导游有意识地驾车把我们带到麋鹿经常出没的地方，远远的，我们看到一群麋鹿，在一只两角八叉的大公鹿的率领下，正在一弯溪水边静静地吃草，等我们的游览车慢慢接近那群麋鹿时，那头大公鹿，也就是鹿王，首先发现了我们。只听它一声吼叫，正在进食的麋鹿们，忽然抬起头，扬开四蹄，向着远处的树林跑去，那头大公鹿，则缩到后面，充当起王者保驾护航的角色，直至最后一头小麋鹿跑进树林，它才最后一个消失在我们的视野里。

王者风范

夜宿砀山

那年四月，在杭州参加《山海经》笔会时，我有幸与安徽砀山的王永坤住在一个房间。

晚上，两人闲聊，谈起他们砀山的梨，永坤的脸上一片灿烂！我随意说了一句："有机会，一定去你们那儿看看。"

可巧，今年金秋时节，《山海经》杂志要在徐州沛县召开组稿会，负责会议的毛晓青老师，几次打电话到王永坤工作的砀山红旗中学，电话里不是忙音，就是没人接。毛老师很着急，想起我与他曾经同居一室，便打电话问我："是否可以找到王永坤？"

我当即揽下这个"美差"，答应毛老师，说："行！"

第二天上班后，我就不停地与砀山方面联系，并通过对方当地的"114"查号台，核实王永坤留给我的红旗中学的电话是否有出入。

结果是，电话号码一点问题都没有，就是打不通。真是急死人，眼看"笔会"日期临近，我总不能答应了毛老师，再把问题推给她，说："不好找吧！"

干脆，去一趟吧！从地图上看，徐州到砀山也就是几十里路程，正好我去沛县时，必须路过徐州，拐个弯就是了。

于是，我选在笔会的前一天，动身去砀山找王永坤。徐州站下了火车，正好赶上下午三点半跑砀山的公交车。上车后，我问驾驶员："几点到砀山？"对方看都不看我，说："两个小时！"

我算了一下，大约在傍晚五点半的时候，我就可能赶到砀山，讨兄弟一杯酒喝啦！可我没想到徐州跑砀山的公交车，一路带客，招手即停，直到晚上六点多，才晃悠到砀山县城，下车问红旗中学所在的关帝庙镇，还有三十多里路。

那时间，天已经黑下来了，我找到县城开往关帝庙的最后一趟"小公交"。上车后，打听红旗中学，得到的回答是：红旗中学属于关帝庙镇，但它并不在关帝庙，它是关帝庙镇下属的一个乡村联中，离镇上还有八九里地。

我想，这下完了！弄不好今夜要住在他们镇上了。

还好，赶到关帝庙镇时，马路口几家店铺的小姐和带客的三轮车司机都围住我，问我是住下食宿呢，还是要继续赶路？

我选择了后者，并几经讨价还价，最后以八块钱成交，车主答应连夜将我送到红旗中学。

来到红旗中学，我打听王永坤。有人告诉我，说他教过课以后，回家了。

王永坤的家，在五里以外的一个小村里。

刹那间，我的头猛得一下涨大！心想：这下彻底没戏了！还要再走五六里的乡间夜路，才能找到王永坤，我一个外乡人，人生地不熟，这可怎么办？

就在我为难的时候，王永坤一个同事，看出我焦急的心思，打着手电走到我跟前，说了句："我送你！"随后，他就前头走了。

乡间夜路，四野一片漆黑，我在那位好心兄弟的带领下，一会儿过大沟，一会儿踩麦田。当我推开王永坤家门的一刹那，王永坤大吃一惊，他紧紧地握着我的手，连声说："哎呀，哎呀！"

我问永坤："你们学校的电话怎么打不通？"

永坤满脸无奈地说："电话被校长给锁上了！"

我把《山海经》召开组稿会的事说给他，他又一次握住我的手，连声说："谢谢啦，谢谢啦！"

已经吃过晚饭的永坤爱人，看我们兄弟如此热情，二话没说，起身到

夜宿砀山

当院的锅屋里为我准备吃的。我怕天太晚了，永坤爱人做不出什么菜来招待我，连声说："炒个鸡蛋，拿一瓶酒来就行了！"

永坤说："哪能呢，哪能呢？"

回头，永坤爱人不知从小村里哪家小店里买来午餐肉、咸鸭蛋，我和永坤就像走散多年的亲兄弟一样，摸过酒碗就大口地喝上了。

一瓶酒见底儿之后，我又吃了半块馒头。接下来，俩人就怎样给《山海经》写稿子，谈了一夜。

第二天一清早，我起来围着小村转了一圈回来，永坤和他爱人为我整了满满的一桌子鸡鸭肉鱼，并拿来两瓶酒，一再说："昨晚上没招待好，今早晨要好好喝！"

我从永坤手中夺过酒瓶，说："早晨喝什么酒，吃饭，吃饭！"

永坤爱人站在一旁，说："昨晚上，没有什么菜，你们兄弟就喝了斤酒，今早晨，不管怎么着，你们还要多喝点儿！"说着，就帮着永坤过来夺我手中的酒瓶子。

我很感动他们这样招待我。但我真想告诉他们：昨晚上，我之所以那样猛劲儿喝酒，就是因为他们家没有什么菜，我怕他们夫妻担心我吃不饱、喝不好，而难为情！可今早晨，整来这么多大鱼大肉，我反而不好意思再喝酒了。

我坚持说："不喝酒，吃饭，吃饭！"

永坤和她爱人看我的态度很坚决，便给我端来一大碗白米饭。

当时，我一看那白米饭，心中多有不快。我觉得：昨晚上，他们家的白面馒头特别好吃，今早晨还想吃那白面馒头，怎么让我吃这白米饭呢？要说吃米饭，在我们江苏，哪天不吃。唯独这白面馒头，我在老家虽说也有，但不如人家做得好吃。但客随主便，人家说吃什么，我就跟着吃什么吧。

回头，我和永坤收拾了一下东西，一同上路去徐州沛县参加《山海经》的组稿会。出了村子，我跟永坤说他媳妇不错。永坤说不行，她有胃病，去年她到合肥学裁缝，尽吃大米饭，把胃吃坏了！

　　我一愣，问永坤："那你们家，今早晨怎么还吃白米饭，吃馒头多好！"

　　永坤说，她那是想到你们连云港是鱼米之乡，你一定爱吃大米，专门为你做的。我一笑，告诉永坤说："错了，我爱吃的，恰恰是你们家的白面馒头！"

　　永坤一听，当即停下脚步，连声说："哎呀，哎呀！"

夜宿砀山

普陀山观日出

夜宿普陀山，为的是第二天早起观日出。

头一天，我们在宁波结束"江南创作笔会"后，几位文人墨客仍感到余兴未尽，一人牵头，众家呼应，出宁波奔舟山，一路两次乘车换船，傍晚时分，终于赶到东海前哨的普陀山。

在海边的旅馆里住下后，我们选在"千步沙"岸边的一户渔民家中进晚餐。热情好客的渔家人，知道我们是远道观海而来，专门把餐桌摆在"千步沙"的岸边，临时扯过一盏并不是太亮的电灯泡，让我们一边品尝着美味的海鲜，一边观望远处海面上闪耀的渔火，听脚下海浪扑岸的"哗哗"醉响。

此情此景，使每一位在座的远方来客的脸上，都洋溢出掩饰不住的笑容。

酒足饭饱之后，我们漫步在"千步沙"边，因为岛上没有灯光，黑暗中，我们人生地不熟，不敢远去，只好选在旅馆前面的那一小片海岸边转了转，很快都回到房间里躺下看电视。

我与河南来的一位老兄同居一室，我们俩为了次日早起看日出，早早地关灯休息。

睡梦中，我那位河南老兄忽而亮灯看表，我被惊醒之后，方知不到凌晨两点钟，两个人对视傻笑了一下，再躺下，怎么也睡不着了，只盼着时间快点过去，让我们登山观海上日出。

大约凌晨四点钟，两人都耐不住了，起床后，摸黑走出那家小旅馆，计划登山看日出去。可当我们真的走进海边的小树林，沿着上山的小路，往普陀山顶攀登时，我又后悔起得太早。

此刻，天没有亮，四野朦胧在夜色中，只听到山上松涛阵阵，脚下海浪涛涛，山路两边的小树丛里，秋虫唧唧，我和那位河南老兄一前一后地走着。但我非常害怕山上有毒蛇猛兽，趁夜色出来袭击我们。好在一路上，他不停地跟我谈古说今。他指着山顶上隐约可见的观音铜像告诉我说，观音菩萨，是中国佛教的一大特色，如同中国特色的社会主义。我对佛教一窍不通，就像三年级小学生一样听他传教。他告诉我他也是现学现卖，他所告诉我的有关佛教的知识，都是从导游那里听来的，说当初中国人从印度引入佛教时，根本没有观音一说，全都是一色的秃头和尚。可随着佛教的不断普及，许多有钱人家的富太太、娇小姐都崇尚佛教，乐于吃醋的中国男人，不想把一个秃头和尚请回家中，整天让自己的太太、小姐们去顶礼膜拜，就想出一个"换身法"，独创出一个"女儿身"，即观音菩萨来。

我听了，虽然辨不出他讲的是真是假，但自我感觉还合乎情理！感叹他现学现卖的同时，我们已经来到普陀山的顶峰了。

翘首仰望海天一体的远方时，我们不断寻找观望日出的最佳位置，恰好遇到一个早起练功的和尚，我看他正在与一棵大树较劲，走过去叫了声师傅，问他太阳何时出来？

对方看了我一眼，说："你们没看见今天是阴天吗？"说完，那和尚又和大树较劲去了，不再搭理我们。

我们知道完了，起了个大早，为的就是看日出，这下白忙活了。

往回走的路上，我和那位河南老兄相对无言！我们俩当时的心情，不亚于我们国家的球迷们千里迢迢去为我们的"男足"助威而归。

回到住处，和我们同来的朋友们都起床在旅馆门前的"千步沙"前玩沙踏浪，看到我们两个大半夜就起来登山看日出，笑我们，说："昨晚天气预报阴天，谁让你们去冒傻气哩！"

那年，去五图河

20 年前，我为工作调动的事，去过一次五图河农场。

印象中，当时的五图河农场全称是五图河劳改农场。那里有公安局、司法所、检察院。好多罪犯关押在那里，接受劳动改造。我爱人的三舅张梅生在那家检察院做检察长。

我去农场的那天午后，先从新浦坐车到灌云，又从灌云倒车，赶到五图河农场时，天快黑了。我在路边小站牌跟前下车以后，举目远望，四野灰蒙蒙的。天地间一片空旷，除了路边两三家小店铺里亮着灯火，再也见不到村庄院落，唯一一条通往农场的道路，铺着灰乎乎的煤渣，两边水沟里长着深深的长苇子。我踩着那坑坑洼洼的炉渣路，一路打听，好不容易找到两排青砖灰瓦的小平房，见到一身"检察服"的三舅时，顿感一丝暖意。

三舅看我一路风尘地找到他，没有急着问我有什么事情，而是很亲切地告诉我，晚上跟他一起去农场场长家吃饭，然后，再带我去洗个热水澡。

20 年前的冬天，能洗个热水澡，也算是不错的事情了。可三舅带我洗的那次热水澡，至今让我记忆犹新——

他们农场里的所谓洗澡堂，就是一间土坯房，如同乡下看瓜的小瓜屋子那样大。屋内，座地支起一口大锅，锅底下架着木柴，烧火的人在小屋外面，小屋里面是水泥、石头砌成的一个圆形的洗澡池，洗澡池的中间，就是那口大锅，那口大锅里的水"咕嘟嘟"热得狠。前来洗澡的人，万万不能下到锅里去，锅里的水非常热，四周的水不怎么热。水泥池子散热极快，很难让洗澡的人泡上热水澡。所以，"地锅"里要不断地加热，才能确保水泥池里的水不冷。

三舅领我去洗澡时，一个瘦长脸的黑胡子男人，操着一口淮安口音，手持一根长长的木根老远迎上来，看似要跟我们打架似的。若不是他老远就喊三舅："队长，队长！"我真还以为他要跟我们拼命呢！

三舅告诉我，他是个罪犯。农场里的犯人，只要见到管制他们的执法人员，不管是当官的，还是普通干警，他们一概喊"领导"，要么就是喊"队长"！

我很吃惊，心想：犯人怎么不关起来，还让他拿着棍子随便乱走动呢？三舅小声跟我说，他是轻刑犯，再过几个月或更短的时间，他就可以回家了，现在，让他烧澡堂，就是给他一个表现的机会。

果然，当他得知我和三舅要洗澡时，他二话没说，拿着木棍就钻进小屋，就听他在小屋里面把水搅得"唏哗唏哗"乱响。之后，他拿着湿漉漉的木棍出来，告诉我们说："队长，可以下锅洗澡了。"

然而，当我们脱下衣裳，钻进小屋洗澡时，那四周的水很快又凉了，三舅不想麻烦那个犯人，他自己要来棍子，一边搅着锅里的热水，一边让我靠近锅边洗热水澡，整个洗澡的过程持续了多长时间，我不记得了，我只记得那次洗澡，是我们两个人轮番搅着水洗完的，很特别。

而今，整整20年过去了，当年那个帮我搅水洗澡的检察长张梅生先生走过了他人生的68个春秋，已于去年冬天，永远地离开了我们。而我那年去他工作的五图河农场的情景，却历历在目。

那年，去五图河

秋到羊山岛

羊山岛，高公岛前面的一座小岛。她，紧靠田湾核电站，犹如一座翠色的屏障，把滚滚而来的黄海潮挡在了海岛的那一面，精心呵护出一弯风平浪静的渔港——高公岛港。

岛上，有茂密的林子和蓬蓬勃勃的山茅草。当地渔民告诉我们，早年间，没有修筑海堤时，羊山岛与陆地，即云台山脉，隔海相望。开春时送几只山羊散放到岛上，秋后，便可看到洁白的羊群在小岛上移动，由此而得名——羊山岛。

我们赶在一个秋叶红了的时候来到岛上，计划环岛而行。

踩着海浪刚刚浸湿过的礁石步入岛上，首先映入我们眼帘的是沙滩上四处横行的小沙蟹，它们一个个鬼头鬼脑、贼眉鼠眼，对我们的到来感到好奇，可不等我们接近它们，一个个便落荒而逃。可就在我们转身之间，它们又从洞巢里鬼鬼祟祟地钻了出来。

成群的海鸥，如同冰上芭蕾演员，在海面上娴熟而优雅地表演着它们非凡的飞翔技能，不时地搏击海浪，长时间地盘旋在蓝天白云间。偶尔有"哒哒哒"的机器声传来，那便是机器船绕岛而过。

我们从小岛的北面，沿海岸线攀岩而行，极富探险的情调！

北坡下，一处鹅卵石滩吸引了我们！那些被海水冲刷了几千年、上万年的鹅卵石，如同神话故事中的金元宝一般。海潮退去后，裸露在明晃晃的阳光下，它们或大如拳头，或小如鸟蛋，个个光滑精美。我情不自禁地拣了几枚放进兜里、拿在手里，还想多挑些带回去送给朋友，想到前面还要攀岩绕岛而行，只好少而精地挑了几块，宝贝一样爱着。

翻过岛上的一座小山包，来到与大海正面相抵御的礁石上，立刻被那里的壮观场面所惊呆！那里的岩石，因为常年受到海浪的汹涌撞击，有岩缝的地方，全都被海水掏出了一个个深不可测的岩洞，不少地方的岩石，被海水冲击成蜂窝一样，有的岩层如同燃烧未尽的木炭一般千疮百孔。

我们选择在那些"千疮百孔"的岩石、断层前拍照，攀着长满海贝的礁石，绕到了海岛朝阳的一面。眼看就要接近西面的海堤时，忽而被前面一道悬崖断壁挡住了去路。就在大伙儿犹豫是不是要原路返回时，有人发现崖壁间，有一处"一线天"似的岩洞可以攀岩穿行，大家跃跃欲试，而且是手脚并用，相互拉扯着，穿洞而过。

然而，当我们翻过悬崖，攀上对面的一道海堤后，同行的六人中，有三个人的手掌，被岩壁上尖锐的贝壳划破。

一旁，几个赶海的渔姑看见我们冒傻气，窃窃私语，她们或许是说我们这些看海的人又痴又傻。其中，一个顶花头巾的小媳妇，还回过头来，冲着我们一脸坏笑地乐哩！

冬到白洋淀

　　赶在一个无雪，但很干冷的冬季，我来到了"冀中明珠"——白洋淀。之前，我曾在孙犁的小说《荷花淀》中读到：要问白洋淀有多少苇地？不知道。每年出多少苇子？不知道。只晓得，每年芦花飘飞苇叶黄的时候，全淀的芦苇收割，垛起垛来，在白洋淀周围的广场上，就成了一条苇子的长城。

　　此番，我选在冬日里去看白洋淀，明知道在这个季节里，看不到芦苇青青、荷花飘香、船帆点点、水鸟翻飞的动人场景。可我执意想去！原因是我正巧赶在这个季节里来到冀中平原。何不趁此机会，去感受一下冬季里的白洋淀到底是一番什么样的景致呢。至于淀边的芦苇垛，是否真像老作家孙犁先生描写的那样，堆成了长城，并不重要。

　　然而，当我迈上白洋淀的大堤时，首先映入我眼帘的，并不是大堤上那绵延无端、迎风飘飞芦花的芦苇垛。而是眼前一望无际的芦茬儿地，其宽阔、壮观的场面，让我惊叹不已！放眼望去，满目干枯、焦黄的芦茬儿地，如同铺上金灿灿的黄地毯一般，一片连着一片，看似与天际相连，又像是直插云端，让你辨不清远处的淀边在哪里。

　　好在那时间，正值夕阳西下，一缕缕粉的、红的、黄的、银色的晚霞，相互交织成一道七彩的屏障，挡住我眺望的视线，让我感到，眼前广阔无垠的白洋淀如同浩瀚的海洋，身临此岸，却难以看到彼岸。一些不知名的鸟儿，在淀中残存的芦苇里飞来飞去，它们时而高空翱翔，时而成群结队地穿梭在夕阳西下的彩云间，使冬日里凝固了的淀池，多了几分灵动的朝气。

温暖的石头

回望淀池中的芦地滩涂，被一道道河流分隔着。河面上结满了厚厚的冰，乍一看，那银亮的河道如同一把把剪刀，将干枯了的芦苇滩涂，裁剪得支离破碎。然而，当你放眼远望，你会看到那些银亮的河道，毫无规则地连作一体时，又像是一张硕大无比的银网，将漫无边际的白洋淀紧密地笼住。淀池里干枯了的芦苇与枯萎了的小草，无奈地遥望着冰层下面那甘甜的淀水，期待春风春雨早日到来，给它们穿上崭新漂亮的绿衣裳。

我漫步堤岸边，好奇地选一处缓坡，拾阶而下，试探着踏上那夹杂着芦苇、枯草叶儿的冰层，并慢慢地从冰面上滑到对面收割了的芦苇地里，我想往芦地深处走走。那里，或许有野兔打洞、小鸟筑巢的痕迹。同时，我还想体味一番当年的小兵张嘎，是怎样在这片芦苇地里与日本鬼子斗智斗勇的呢！可当我的双脚踩上那"喊喳喊喳"作响的芦苇茬儿时，我忽而意识到，我脚下那些密密麻麻的芦茬儿，似乎在齐声质问我："干什么呀，没看见我们在冬眠吗？"

是的，此时淀池里的芦苇茬儿，正处在一年一度的冬眠季节，它们一棵棵赤裸裸、光秃秃地连成一片，看似毫无生机。可不难想到，一旦春风吹过，雨水来临，它们立马就会舒展筋骨，扬眉吐气，将眼前一片尘土飞扬的芦苇地，变成万亩翠绿的大淀园。

到那时，白洋淀里的水草绿了，荷花开了，浩荡无边的芦苇，将会呈现出一片绿色的海洋气象！多情的水鸟们纷至沓来，它们在淀中的芦苇丛里筑巢、产卵，孵化出千娇百媚的雏鸟来，让眼前这片沉寂的白洋淀唤起无限生机。

开封夜吃

深秋的一日傍晚，我们"采风团"一行数人来到古城开封。融入夜市后，最壮观的就是吃。一眼望去，满街灯火，满街都是吃客。

此起彼伏的叫喊，五花八门的小吃，琳琅满目的摊点，熙熙攘攘的人流，一团团，一簇簇，一拨走了一拨又至的吃客，围着灯光闪烁的炒、煎、炸、煮等各式摊点，真可谓人头攒动，热火朝天。

吃客中，有大桌大吃的，也有仨仨俩俩小聚的。而真正吃出滋味，吃出情调，吃出品味的，当属那些肩挎小包、两三成趣、携手而来的少男少女们，他们的新潮穿戴，给古老纯朴的夜市，增添了几多亮丽的景致，他们嬉闹成趣的妙言细语，倾诉出古都开封已经走向了现代化的文明。

我们应当地文联之邀，选在夜市最热闹的地方摆开桌子，要了荷包羊爪、五香焖鱼、串炸羊凹腰，以及八宝饭、杏仁茶，就在我们吃得口香四溢的时候，有人又被不远处的一家小虎凉粉所吸引——

那凉粉摊上的男主人个子不高，可他的声音很宏亮，远远地看他手握一把锃亮的铜勺，如同舞台上打架子鼓似的演员一般，一边"叮叮咣咣"地往煎凉粉的锅里调着蒜泥、葱花、姜末以及味精、酱油、香醋，一边蹦跳着，扯圆了嗓子高声唤道："小虎的凉粉干，吃了赛神仙；小虎的凉粉脆，不吃要后悔呀——"

给那个男人打帮手的，是一个脸很白的女孩子，她穿一件高领的桃红色羊毛衫，腰间扎一条洁白围裙，系一方蓝底白点儿的头布，古朴而典雅地美着。一盏雪亮的灯泡，照耀在她的脸上，照耀着她那媚人的丹唇，她不看手里正在切凉粉的刀和被她切成一块块玉牌一样的看似透明的凉粉，眼睛只盯着过往的行人，尖尖的嗓子，来回重复着："凉粉唻——凉粉哟——"我们从小虎的喊声中，找到一个吃凉粉的理由，建议东道主快去给我们端一盘凉粉来，否则，此番开封一行，只怕要"后悔"而去了！

品着有趣的夜市小吃，看着那热闹非凡的场面，不觉得已经入夜了。大约11点多的时候，我们离开了开封。但开封夜市的壮观场面，却永远地留在了我的记忆里。

开封夜吃

水歌丽江

水傍街，街依水。顺水便知街何在，沿街聆听溪水流！这便是滇西北、茶马古道上的重镇——丽江。

丽江，以水名扬四海！有着"东方威尼斯"、"高原姑苏"之美称。

走进丽江古城，首先映入游人眼帘的，是两架"吱吱扭扭"响、高约八丈的大水车。乍一看，它们都在忙忙碌碌地戏水而转。可仔细一辨，两架水车中，一架在负载运作，将奔突而来的山溪，虔诚而又恭敬地掬一半至更高一层的山河里；而另一架水车，则袖手旁观，它看似随水而动，却空板而转，显得极为洒脱！好在，它悠悠扬扬地伴在另一架忙碌的水车旁，一副相依为伴的模样，这便让人想到它们是一阴一阳，一雄一雌。它们同奏一支古老的曲子，那就是滇西北的纳西古乐。

丽江古城，称得上是"小桥流水人家"。

古老的镇落里，家家门前流水欢唱，户户亭台楼阁、粉墙黛瓦相映，若不是古镇外围的三面高山提醒你，这里是滇西北的雪域高原，你一定会误认为走进了秀水江南。

丽江的水，来自冰清玉洁的玉龙雪山。

那奔突而来的雪山丽水中，虽说看不到江南水乡的莲藕和乌篷船，但古城河边，那一株株古老的雪松、山柳、姹紫嫣红的山茶花，仍然能将水面摇曳出羞涩的涟漪。蝶翼欲飞一样的古镇落里，纵横有致的河面上，是

温暖的石头

一座座古朴典雅的石拱桥，桥面上被装饰得千姿百态，且水上的半圆弧与水下的倒影，恰好美作一圆，犹如给清凌凌的小河，戴上了一枚枚镶金嵌玉的戒指。正是它，连接着小河两岸的人家，引来茶马古道上远道而来的马帮。它，见证着古镇的沧桑！它，诉说着马帮们的爱恨情仇与刀光剑影。

远古的丽江，是内陆与滇西北物资、文化交汇的地方。内陆的食盐、茶叶、丝绸、陶瓷，伴随着一串串清脆的马铃声、驼铃响，一路鞍马劳顿地来到这里，与西域高原的名贵珠宝、珍稀药材，以及高档的兽皮等相互交换。

而今，现代文明驱散了那彪悍、威武、气势磅礴的马帮队伍。可那曲调悠悠的纳西古乐，以及纳西儿女们勾肩搭背的舞姿，依然留在了古镇上。当地人告诉我们，纳西儿女，会说话便会唱歌，会走路便会跳舞。休闲时分，他们三三五五雅集于街巷天井，挑一段烂熟于心的乐谱，自拉自吹自唱共舞，儒雅凄凉的纳西古乐，便绕梁而起。

夕阳西下，恰好是纳西人一天中最为活跃的时候，古朴典雅的小街上，眨眼间，亮起了一串串大红的灯笼，映照在山溪倒影里，照耀着如织的游人，如同走进歌舞笙箫的十里秦淮。两边店铺，以鼓乐、歌舞，竞相引客。沿街，有广场的地方，就有七彩的人墙，自发地围成一圈在群舞；有舞动的地方，就能听到纳西人在"咦咦呀呀"地歌唱。我们听不懂他们的歌词，但是，从他们那狂奔的舞姿里，就能感受到那种令人心醉的意境。

漫步在丽江街巷，淙淙流淌的山溪，如诗画一般，与我们对唱。

清澈的丽江水，多为横向沿山体流来，再纵向顺山坡泻流而下。而横向流来的水，水面较为宽敞，可称为河。河对面的山体上，依水而建着牌楼、雕梁画栋、亭台楼阁。而河的这边，留一条宽约五尺的路面，铺着光滑如玉的五花石。且靠河的一边，留有"美人靠"，供人歇息、赏景。河对面的楼阁中，都建有巧夺天工的"廊棚"，可以想象，当年，远道而来的马帮，在河这面的酒馆里大碗喝酒、大口吃肉时，偶尔抬头看到对面"廊棚"里佳人推窗的亮丽景致时，那该是多么心醉哟！

温暖的石头

丽江画社

丽江画社，坐落在丽江古城里面的一条水巷里。到丽江去的人，穿过古城广场四方街，往西南去，多不过 500 米，就可以看到那家依河而居的画社了。

说是画社，其实就是一家手工作坊。门脸儿与卷帘门一样宽，门前是条淙淙流淌的河，房后也是条淙淙流淌的河。那画社，就夹在两河之间一家挨一家的店铺中。门上方，一块长方型的金灿灿的圆木上，雕刻着四个大字"丽江画社"，字上涂着葱绿色的油漆，醒目、古朴而又不失典雅。

两块青石板搭成的小桥，光滑如玉！寓意着年头久远。桥不宽，但桥两边拉起过膝高的石柱护栏。想必是河道过深，以防过客不慎掉进桥下奔突而来的雪山丽水中。

我走进那家小画社，是在一天晚饭后。灯光闪烁中，一声甜甜的"大哥，进来看看吧!"引起我的注意。

河对岸柔和的灯光里，一个穿黑色紧身衫的女子，高耸着胸乳，一边踮着脚尖儿往墙上挂着画儿，一边回眸，冲着河这边的我微笑。

我驻足观望时，那女子猛甩动了一下她长长的秀发。刹那间，我看到那女子很漂亮，雪白的脸，涂着亮晶晶的口红。也就在那一刻，我看到了"丽江画社"的字样。

走进店内，三面墙壁上都挂着那种原生态的木质焊烫画，有大的，有小的，有方的，有圆的，还有椭圆状的。方的、圆的，全都装在古色古香的框子里，唯有椭圆的那种，看样子是从树段上斜着锯下来的，还带着一圈棕色树皮，挺原始的，也好看！但不管是什么形状的，一概是在金灿灿的圆木面上焊烫出咖啡色的画儿。画面的内容，多为丽江的城楼、山水、拱桥、水车，也有几幅，像是江南水乡的小桥流水人家。

"买一幅吧，来丽江一趟的，带回去作个留念。"那女子跟我说话时，隔间里面，忽而传出"呼噜噜"的喝粥声。我好奇地探头一望，一个小伙子正坐在一张堆满了杂物的小桌前吃饭。橘黄的台灯下，我看到小桌上有大饼、稀饭、咸鸭蛋，桌边的草纸里好像还有几块熟肉。不用问，这是一对小夫妻。

我问那女孩："你们自己做饭?"

女孩说："稀饭是自己做的，其他的都是街上买的。"

我问："你们是丽江本地人?"

女孩说："不是。"女孩告诉我："他是河南人，我是大理的。"

我惊诧了！河南、大理，相距三千多里，他们是怎么走到一起的？那女孩没等我继续问她，便淡淡地一笑，告诉我，说他在大理当兵，退伍后，两人就到丽江来了。

那一刻，我忽然感觉这一对年轻人的身后有故事，他们是否相恋在大理的"蝴蝶泉边"，是否也像电影《五朵金花》中，阿黑哥寻找金花那样，双双离开故园，跑到这玉龙雪山脚下的丽江来谋生呢？就在我无限遐想的时候，隔间里面的小伙子拿一块饼角出来了，他让那女孩去隔间里吃饭。

女孩则紧盯住我，劝我买画。

小伙子话少，他从隔间里面出来，转身就坐在墙角的一堆木板前，埋头开始烫画儿。木板上的画儿，是事先描在板面上的，小伙子拿一个电焊铁一样的工具，往画面上轻轻一扫，一股青烟便滋滋地冒起来，随后，就可以看到一条咖啡色的花纹跃然于木面上了。

这期间，我从那女孩的口中得知，他们还没有结婚。女孩甚至还没有去过小伙儿的河南老家。女孩说，他们想先挣钱，再结婚。女孩盯住我，问："大哥，看好哪一幅画了？买一幅，带回去，挂在家里，或是送给同事、送给领导，都是不错的。"

我说："是的，不错不错，都挺好看的。"

女孩说："既然你说不错，那就买一幅带上呗？"说话间，女孩弯腰从墙角的筐子里拽过两张旧报纸，"哗啦啦"地响在她小白鸽一样的手中，一副随时就要为我打包装的样子。

我想，看了半天了，也跟人家聊了半天，干脆，买一幅吧。当然，换一种思维方式来想，眼前的女孩很漂亮，倘若买她一幅画带回去，同时也带回了一段美好的记忆。于是，我挑了一幅价格相对适中的"丽江水车"，标价是180，我给去掉整数，出价80。

女孩一脸无奈地望着我笑，说："太少了，不能卖。"她建议我80块钱，可以拿旁边一幅小的。

我指明就要那幅。

女孩让我再添一点。我逗她说："看你漂亮，那我就再加10块钱，不卖就算了！"说这话时，我装出要走的样子。女孩当即表态，说："好好好，卖给你，卖给你！"女孩从墙上取画为我打包装时，还自言自语地说："这样卖给你，俺就不赚钱了！"

正在焊画的小伙子，听到我们这边画已成交，回头瞥了一眼。想必，他想看看我选中的那幅画，80块钱是否可以出手。我随之跟他套近乎，说："我去过你们河南好多地方！"

小伙子没抬头看我。但他问我："你去过我们驻马店吗？"

我说没有。但我告诉他，我去过河南的开封、新乡、洛阳、焦作云台山等等。旁边，正在包画的女孩听我们谈到她未来的婆家，一边低头笑着，一边插话，说："鬼知道他们河南是个什么样子！"

我说："没关系，等你们结婚时，让他带你在河南好好转转玩玩。"

说笑间，女孩把画包好，递给我。我提上画，一边同他们说笑，一边迈上了门前的小桥，那女孩一脸茫然地看着我，忽而喊道："大哥，你还没给钱呢？"

一语未了，我的脸腾地一下红了！光顾了跟人家说话，竟然忘了给

179

钱。我赶忙掏出钱包，拽出一张一百的，说："不找了。"

那女孩一边接钱，一边扯住我的衣袖，说："不行不行，说好多少，就是多少！"说话间，女孩麻利地从裤袋里摸出一把碎钱，从中挑出一张10块的，硬塞进我的衣兜，才挥起雪白的手，同我道别。

纳西人家

"纳西人家"，是丽江古城里的一家小客栈。

古朴的门楼檐下，斜插出一个青布红狗牙边的令旗似的幌子，上面用黄布镶嵌出四个醒目的大字"纳西人家"。微风中，那幌子在满街各式各样的招牌中轻轻摇摆，看似招摇，又不招摇，一副谦逊、羞涩的样子。只是举步迈进那家小客栈时，可要当心，木质的门槛儿，足有半尺高。

进门，是一间穿堂而过、较为狭长的大客厅。

客厅里，开门的一端，靠墙摆放着长沙发和茶几，可供来客们临时休息。客厅的另一端，摆放着主人家的衣柜、饭厨之类，正面墙上挂着一幅古松仙鹤画，画的两边是一副写在红纸上的对联，可能是年头久远，红纸都变紫了，再加上室内光线不是太好，看不清对联上写的什么。但是，可以看到对联下面的八仙桌上，摆放着一只电动的熊猫挥手"招财进宝"的大香炉，旁边还有一些水果之类的贡品。想必那间大客厅，是主人家的卧室兼来客登记处，虽然没有摆放床铺，但是，从沙发上摞得挺高的被褥可以想到，入夜以后，这家主人便会放开沙发当床用。

穿过客厅，便是一个洒满阳光的小院。

小院里，朝阳的一面，扯着一道道横七竖八的线绳，线绳上用红的、黄的、紫的、绿的塑料夹子夹着一条条洗得煞白煞白的毛巾，如同藏族的金帆一样，整整齐齐地摇摆着。紧挨着墙根儿，高低不等的条凳上，摆放着一层层鲜花和一些不知名的绿草，那些好看的花草间，争奇斗艳地绽放出红的、黄的、白的、粉的花朵，把个原本就不大的小院儿，舞弄得花香四溢。随之，一阵"哗哗"的流水声，清脆入耳！寻声望去，一条由北向南的山溪，穿过房底的暗河，急匆匆地流经小院后，拐了一个九十度的弯儿，调头向西流去。

小院里，因为有了那条奔突而来的溪水，平添了几多生机！主人家在小院里专门留下一处拾阶而下的踏步。此处，可取水冲洗小院儿，也可直接用来淘洗拖把或淘洗衣物。

那清亮亮的溪水，来自不远处的玉龙雪山，流经"纳西人家"的小院时，已经是支流的支流的支流了，水流不大，但因北面山势较高，流速还挺急！迎头撞击到小院里那长满青苔的踏步后，如同顽皮的孩子似的，翻起跟头，打着滚儿，搅起一团团洁白的浪花，便撒着欢儿向西流走了。

"住店吧？"一个女人听到我的脚步声，从旁边一间客房里迎出来。当时，她手上戴着一副鹅黄色的橡皮手套，看样子，她正在客房里打扫卫生。看到我进了她家的小院，赶忙脱下手套，微笑着迎过来。

那时刻，我已经穿过客厅，来到小院里一口手压式的水井旁。那水井紧挨着溪水边的踏步，虽说井水源于那条溪流，可它比溪流里的水卫生。那是"纳西人家"的饮用水，我用手"嘀咔嘀咔"地压了两下，一股清澈的泉水便"哗哗"地流了出来。那女人看我要洗手，笑盈盈地过来帮我压水，还顺手从旁边的绳上扯过一条白如羊脂的毛巾递给我。

"住店吧？"那个头上顶着花手帕、身穿蓝布衫、白衣裙的纳西族女人，看上去有三十几岁，厚厚的嘴唇，白白的牙齿，圆圆的胖脸，鼓鼓的胸脯，弯弯的腰肢，说不上她有多么漂亮，可也挑不出她哪地方长得不妥，只感觉她那双水灵灵的大眼睛，扑闪扑闪地，怪撩人！

她问我："住下吗？"

我说："看看！"

那女人就给我介绍，说楼上的是标间，有热水器，有卫生间，20 块钱一个晚上；楼下的，15 块钱一张床，还有一间是双人床。说到这儿，那女人领我打开楼下一个摆放双人床的房间，告诉我："这一间，25 五块钱。"她还指指房间内一个原木色的小木门，告诉我："那是卫生间，里面有洗澡的地方。"

我伸头往房间里看了看，感觉地面有些潮湿，便问："楼上的标间呢？"

女人说："标间 20 块钱，里面是两张床。"

我随之踩着"咕吱咕吱"的木质楼梯，到楼上一间一间地看了，等我下楼的时候，那女人问我："怎么样？住下吧。"

我说："不错，挺干净的，还很便宜。"

那女人一对笑眼望着我，说："那就住下呗！"

我嘴上说："再看看。"可此刻我没有诚意住下来。因为和我一起来的同伴，还在街上等我，我要去跟他们商量商量。

那女人可能看出我的心思，就手递给我一张名片，告诉我："这上面有我家的电话。"

我知道，那女人想留住我。那女人很无奈地把我送到门外，看我走出好远了，还在向我张望。

不能如意的是，那晚，我的同伴领我选中了丽江另一家宾馆。入夜以后，我一直在想：那家"纳西人家"的小客栈也是不错的。倘若让我在那里住上一夜，聆听小院里的溪水欢唱，闻闻院中花开的芳香，与那个纳西族女人聊聊家常，或许，也是一件挺美的事。

而今，时过境迁。那位纳西族女人给我的名片，我还珍藏着。并时不时地想告诉我身边的人，你们想到丽江去吗？我这里有一张"纳西人家"的名片。

纳西人家

黄河故道

开封西去五十里，有一片春来碧如海的槐树林。

那儿，是黄河故道的花园口。1938年，国民党炸黄河就在此地。50年代初期，黄河西去，留下大片滩涂，当地人以治理黄河为本，在那里植上了广袤的槐树林。

我们去的当天，秋雨刚过。当地中牟县领导和县文联的同志，用一辆"依维柯"，把我们各地来采风的作家们一直送到槐林深处。

走下客车，是一条蜿蜒于林海间的小路。晚秋的野花，虽不是太多，可落叶和草丛间，还是可以看到那些指盖大小的、黄的、红的、紫的野菊，为我们的到来羞羞答答地绽放着。又因为刚落过一场透漓漓的秋雨，地上的落叶软了，但色泽却深润了许多。成群的鸟儿，不知是对我们的到来表示欢迎，还是谴责我们侵犯了它们的家园，在我们列队沿林间铺满落叶与枯草的小路蜿蜒而进的时候，它们一阵阵"喊喊喳喳"地盘旋在我们头顶上空鸣叫。

也许是林子大了、深了，很少有人来打扰的缘故，沿小路两侧的树杈上，随处可见小灯笼一样好看的鸟窝，它们有的是草杆搭成的，有的是枯树枝构筑起来的；大的有洗脸盆那样大，黑乎乎地高悬在枝头，小的如同窝窝头那么一点儿，很随意地藏在你膝下的草棵子里。看到那些温馨的小巢，很容易让你联想到春天，一枚枚银亮的鸟蛋，孵出来的一只只镀上金色嘴角的雏鸟，在你拨动草丛的瞬间里，冲你憨态可掬地"吱吱"鸣叫。

听到远处白鹭的叫声，当地人告诉我们，再走上一段林子，就可以看到前面碧波万顷的梦湖和雁鸣湖啦！

梦湖深藏在槐树林深处，雁鸣湖却傍依在槐林西侧，两湖交相辉映，水天相接，缕缕碧波忽隐忽现在槐林之间，大片大片的水甸，被一丛丛槐树林相隔。若不是亲眼看到，你怎么也不会相信，在郑州和开封两个大都市之间，还有那么一片静静美美的林子，还有那么一个浩渺无际的湖泊。

我们站在湖畔的树丛中，悄悄地窥视着不远处湖中小岛上成群的白鹭、大雁、天鹅和湖中嬉水交颈的野鸳鸯，心头一阵阵惊喜，那些久违了的珍稀鸟类，终于在这密林深处与我们相见了。

遗憾的是，当我们举起相机，要把它们的娇羞、美丽凝固在底片上带走时，它们却误认为我们又向它们举起了猎枪，头雁们声嘶力竭地几声哀鸣，随之响起了雁群红掌击水的"噼啪"声，成群的白鹭、大雁、天鹅、野鸳鸯结队而去，就连我们上空的几只灰喜鹊，也都"咕咕"怪叫着，远离了我们。

离开槐树林，辗转于郑州、开封、洛阳等中原大都市之间，我的思绪仍然萦绕在那片密林秀水间。还望有机会再去看看！

走笔江南

江南四月，百媚千娇。金灿灿的油菜花尚未谢尽，锦簇的映山红又争相绽放。和煦的春风，舞弄着江南绵绵细雨，撩拨着游人，如同走进梦里画里。

2006年4月20日至24日，我有幸随《连云港日报》社群工部组织的通讯员采访团，赴江南采风。沿途所选择的线路，既有名山大川供人观赏，又有小桥流水让大家玩味无穷。第一站，是素有"清凉世界"之美誉的——莫干山。

莫干山坐落在浙江省德清县境内。它与北戴河、庐山、鸡公山，并称为我国四大避暑胜地。

20日清晨6点，我们采访团一行39人，从新浦出发，午后一点半赶到德清县城，简单地吃过午饭，我们就开始攀登莫干山。

绕山道上，当地导游向我们介绍了莫干山的来历：相传，春秋末年，吴王阖闾，派干将在此山铸剑，山上干柴燃尽，炉中的铁汁却迟迟流不出来。妻子莫邪问夫君干将："还有什么办法，能让炉中的铁汁流出来？"干将说："欧冶子铸剑时，曾经以女人配炉神而成功。"莫邪听罢，二话没说，纵身跳入炉中。当即，鲜红的铁汁，汩汩流淌出来，铸成雌雄二剑，雄剑为"干将"，雌剑为"莫邪"，后人为了纪念他们，把此山取名为莫干山。

我们的旅游车攀上莫干山后，群工部的于少泉老师，看到车窗两边飞快掠过的山林竹海，颇有兴致地向大家介绍，如何用逆光来拍摄竹子。同来的王春先生，有多年的摄影经验，也举起相机，跟大家一起切磋山林竹海间的拍摄技艺。

我们去的当天，刚刚落过一场春雨，竹林里鹅黄色的春笋正破土而出。我们的旅游车从绕山道上掠过时，两边青翠欲滴的树枝上、竹叶间，不时地有雨滴打落在车窗上。透过车窗，放眼远望，可见青山含黛，鸟语花香，远山近水，画一般壮观、美丽，满山遍野的松涛竹海，时不时地点缀着一丛丛、一簇簇，红的、白的、粉的杜鹃花、绣球花，煞是好看！

旅游车把我们送上半山腰后，让我们徒步而行。大家手持相机，一同漫步在山林竹海间，当即体味到那种"清风迎面来，溽暑随步失"的凉爽之感。

当地导游一直在前头引路，且十分自豪地向我们介绍说：莫干山上现有大小寺庙400余座，各种别墅154座，其中，有毛主席下榻过的"名人别墅"，以及蒋介石与宋美龄在此欢度蜜月时住过的白云山馆。

莫干山上的别墅群，涵盖了世界各地不同的建筑风格。不知不觉中，我们随导游攀上一座小山峰，仰首看到一座雕梁画栋的西式小楼，大家拾阶而上，忽而发现已置身于山巅，眼前一片片开阔的林海，山风阵阵，林涛入耳。一打听这座小楼的来历，导游津津乐道地告诉我们，这是30年代上海滩上有名的流氓大亨张啸林的公馆，取名林海别墅。

当年，张啸林为讨好他的九姨太，选择莫干山建造了这栋古朴典雅的别墅。整个建筑，由一中一西两幢房子组成，中式仿庙宇格局，黄墙琉璃瓦飞檐翘角，是单层的议事厅；西式的为两层楼的卧房，门前栽种三棵百年黑松。中式客厅大门为镂空格子木门，门上至今仍有技艺精湛的《西厢记》插图木雕，几十幅各不相同，基本涵盖了《西厢记》的故事梗概。更有情趣的是，张啸林的九姨太就是在这栋别墅里，上演了一出比《西厢记》更有情趣的风流故事。她与张啸林的保镖暗中眉来眼去，勾搭成奸。东窗事发以后，保镖自然命丧黄泉，九姨太则被张啸林关在山上的一处伸手不见五指的"老虎洞"里。

张啸林原想将九姨太活活饿死在洞内。数天过后，张啸林想去洞中找

走笔江南

九姨太的尸体时，打开洞口，没料到，九姨太依靠洞内的泉水滋补，妆容未改，美艳依旧。一时间，张啸林心软了，头一拐，手一挥，把她放了。

之后，九姨太去了香港。直到1975年，当年那位倾国倾城的九姨太，不知是迷恋莫干山的美景，还是追忆昔日的旧情人，专门又来到她当年偷情过的"林海别墅"小住数日，才挥泪而去。

而今，九姨太被关押过的"老虎洞"，已成为游人留连忘返的地方。我们去的当天，还有一对对情侣在此拍照留念哩！

告别了莫干山，已是夕阳西下，我们又驱车来到兰溪市的诸葛八卦村。原认为那是个被后人神化的小村落，可当我们置身于八卦村，目睹了诸葛亮第二十七世孙诸葛大师按九宫八卦设计的村落布局，才由衷地感悟到，尽管小村的建筑带有"阴阳八卦"之术，可它仍然不失江南的"枯藤老树昏鸦，小桥流水人家"的韵味，美哉！

4月21日，我们冒雨游览了千岛湖。

按照我们的行程计划，20日晚上10点钟，我们从兰溪诸葛八卦村赶到千岛湖边上的淳安县，住在京港大酒店。

当晚，因天色已晚，报社群工部带队的金同启主任，从安全的角度出发，让我们就地休息。所以，大家相互在房间里串门，县区之间的负责人和部分通讯员还相互交流写稿、投稿的经验，几乎没有人知道我们所住的酒店，就坐落在千岛湖的岸边。

第二天清晨，我早早地起来，无意中，推窗一望，只见小街的尽头，正是一望无际、碧波荡漾的千岛湖。一时间，我兴奋不已！匆匆下楼，一口气跑到千岛湖岸边，远眺波光潋滟的湖面，近点一个个数不清的岛屿，随即被那岛映湖中湖在岛内的景致所陶醉。

我绕湖边走了好远，只见湖岸边，家家户户开店铺，卖当地旅游产品，也卖千岛湖里的鲜鱼活虾。尤其是千岛湖的鱼干甚多，各家门前都悬挂着千岛湖特有的鱼干和各种咸辣不一的烤鱼片，大一点的鱼干一丈有余，小的两三厘米，有大花鲢、小刀鱼、棍子鱼、斑点鱼，以及鲶鱼、雪

温暖的石头

鱼、大菇鱼、小菇鱼，等等。

大约七点半钟，我们吃过早饭，准备登船时，天空中忽而飘落起淅淅沥沥的小雨。大家汇集在码头上等候上船的那一刻，雨越下越大，可尽管如此，大家并没有感到下雨有什么不好，反而认为来到江南，来到千岛湖乘船，就应该下雨才对。一个个站在雨中，欢声笑语，不绝于耳。

当我们登上千岛湖"银湖"号游船时，船上的导游就按部就班地告诉我们，千岛湖景区的面积是 1093 平方公里，其中，湖面面积 573 平方公里，湖中共有大大小小的岛屿 1078 个，以"千岛、碧水、金腰带"的独特景观闻名于世。畅销国内外的"农夫山泉"，就来自千岛湖水下 70 米的泉水中，云云。

我们无遐听导游"鹦鹉学舌"，相互探讨着雨中拍摄的技巧，一个个举起手中的相机，"嚓嚓嚓"地瞄向了游船划过的一个个千姿百态、郁郁葱葱、诗情画意的秀丽岛屿。湖中，那些大大小小的岛屿上，绽放着大片大片的映山红、野蔷薇、蝴蝶花，它们一丛丛，开得烂漫，开得纵情，开得如火如荼，开得我们心花怒放！

我们的游览船在湖面上荡漾，所溅起的浪花，与空中的毛毛细雨，一同飞落在我们身上、脸上，打落在我们的衣裤上。船上的人，没有哪个顾及到湖水和雨水的溅落，一个个放飞心情，纵情领略湖面上吹来的阵阵细雨、清风，忘记了今昔是何年。

放眼千岛湖，深感人在画中，画在湖内。

湖中的岛屿，有独树一帜的，有连成一片的，有花木繁茂的，也有奇石林立的。我记不清当天在千岛湖看过多少岛屿，数不清岛上那些郁郁葱葱的杏树、梨树、桂花树、枇杷树、香樟树等等。但我能记住我攀登过的五龙岛、海瑞岛、鸟岛、蛇岛、真趣园奇石岛、梅峰山岛等等。

湖中的每座岛屿，都有一个或几个美丽的传说，都有其独特的景观。如海瑞岛，详细地记述了明代清官海瑞，在淳安县做县令四年零八个月，惩治恶霸、造福百姓的一个个动人典故。

走笔江南

梅峰山岛，是千岛湖上最高的岛屿，站在梅峰山上，可一览千岛湖三分之一的岛屿。我们去的当天，湖面上烟雨濛濛，能见度不是太好，但目所能及的岛屿，一个连着一个，相互间锁在淡淡的烟雨中，别有一番情趣！

下午三点多，我们结束了千岛湖的游览。就要下船的时候，我信手记下了郭沫若先生描写千岛湖的佳句——

西子三千个，

群山已失高。

峰峦成岛屿，

平地卷波涛。

4月22日，我们来到了浙江金华市。一大早，我们游览了金华市境内的双龙洞，领略了大自然鬼斧神功的溶洞奇观。之后，我们驱车赶往本次异地采风的最后一站——武夷山。

在武夷山，我们首先攀登天游峰，目睹了"山耸千层青翡翠，溪流九曲碧琉璃"的武夷山独特的自然美景，观望了国内最大的一线天、水帘洞、鹰嘴岩，欣赏了武夷山采茶女的茶艺表演。24日上午，我们乘竹筏，顺流而下，领略了武夷山九曲溪壮观的山水相依的美妙景致。

童年的时候，我曾在电影《闪闪的红星》里，看过"小小竹筏江中游"的动人场面，但我平生第一次坐上竹筏，还是这次武夷山之行。

武夷山的竹筏，是六人坐的，并且由两个竹筏并列而成。而每个竹筏大致是由七八根毛竹固定在一起。为我们划船的船工，是两个年轻的小伙子，他们一前一后，把竹筏固定在岸边，待大家一个个登上竹筏，系好座位上橘红色的漂流服之后，两位船工，前后呼应一声，把手中的竹篙往岸边的岩石上轻轻一点，小小的竹筏，便顺流而下了。

我们坐在竹筏上，只见竹筏的缝隙里冒出清澈的溪水，好在我们的座椅是固定在竹筏上面两根毛竹上的，可谓只见溪水，却湿不了我们的鞋袜。我尽情地目睹溪曲两岸青山呼应，奇峰峭立。清澈的溪水，时而平缓悠闲，时而激浪拍岸；两岸山峰，时而临溪逼面，时而与竹筏并行。山崖上、溪水间，山花点缀，游鱼嬉戏，翠鸟鸣唱，水中倒影忽闪，松竹摇曳。竹筏一弯一曲地划过，有时水平如镜，筏荡悠悠，仰观奇峰秀色，俯赏碧水鱼翔；有时浪翻白雪，水声轰轰，心悬喉结，虽说有惊无险，可足以让游人大惊失色！

竹筏穿梭于九曲十八弯，两岸群山，或现全身，或露半体，或一岩而背见，或一石而三名。但不管是什么样的怪石、古松，都能从划船的船工嘴里，幽默而富有情趣地道出一个个风流或神鬼的动人故事。溪流两岸，居民甚少，偶尔看到悬崖上一两处青砖灰瓦掩映在松竹间，那一准是尼姑庵，或和尚庙。船工为了让我们付他们小费，竟然妙趣横生地编出了花和尚乘坐他们的竹筏，与对面山上小尼姑偷情的故事来引诱我们。岸边的许多枯枝、弯柳、翠竹，不时地横斜在溪水两旁，竹筏划过时，颇有夹道欢迎的美感！

透过那清澈见底的溪水，肉眼可见大大小小的鱼儿在水中戏嬉，它们或成群结队，或两两成双，漫游在溪岸两边的浅水里、草丛旁，或在溪水打弯的漩涡里击水欢畅，看似无忧无虑的样子，实则是为武夷山又添了一处美景。

我随竹筏漂流不久，看到脚下碧波荡漾的溪水从竹筏间冒上来，忽而童心大发，忍不住脱下鞋袜，光着脚板，与那清澈的溪水来了个亲密接触，全身心地感受了一番大自然带来的诗情画意。

竹筏划过四曲溪时，眼前豁然开朗，一大片鹅卵石堆集起的金银滩上，云集着各地来的游客在那里摄影留念，他们或许比我们晚到一天，沿着昨日我们走过的游览线路，看到我们乘竹筏靠过来，远远地向我们打口哨、挥手势，有的还大声尖叫，我们也学着昨日竹筏上游客与我们打招呼的姿势，笑哈哈地与他们打着一个个不着边际的飞吻。

竹筏划至一曲玉女峰时，船工忽然放慢了速度，让出竹筏上的位置，让我们拍照，其中一位年纪轻的船工，还俏皮地向我介绍说：玉女峰，是三姐妹亭亭玉立而成，大姐爱打扮，头上插花挂草，其实是山头长满了青松翠柏。二姐爱脂粉，满脸抹得光彩照人，细看是个光秃秃的山顶。三姐个子矮，但她风情万种，低眉弄首的样子，如含情少妇。其实，玉女峰是武夷山三十六峰中最为挺拔俊秀、光洁窈窕的峰岩，人民大会堂的福建厅里，那幅气势磅礴的山水画，就是我们眼前的玉女峰。

竹筏划过玉女峰，结束了我们一个半小时的漂流，也可以说是结束了我们此番的异地采访。但留在我记忆中那些奇妙的景观，让我久久难以忘怀。

回过头来，当我面对电脑，想把我一路的所见所闻记录于纸上时，忽而感到一路走马观花，只能说是看得多，记得少。无奈之下，我只能涂抹些粗浅的文字，做一个随行散记罢了。

五月的鲜花

　　五月的鲜花，姹紫嫣红地开遍了大江南北；五月西部采风，令人如梦如痴地醉在那梦幻般的童话世界里；五月的记忆，铭刻着《连云港日报》社组织的采访团，赴西安、成都、九寨沟之行的美好历程。

　　2007年5月15日至22日，我有幸随《连云港日报》社组织的通讯员采访团，赴西安、成都、九寨沟、黄龙等异地采风。第一站，是世界四大文明古都之一——西安。

　　此次组团，大部分成员都是2006年度《连云港日报》社评选出的优秀通讯员，其中有三分之一是本年度的"十佳通讯员"和"先进通讯员"。他们来自全市四县三区以及市属各部委办局，由《连云港日报》社的副总编高庆华先生带队。出发前，总编办公室的副主任吴弋女士颇有风趣且极有号召力地宣布："我们的友谊，从今天开始，从现在开始！"

　　果然，在连云港开往西安的火车上，大家很快亲如兄弟姐妹，相互间所带的食物、用物实现了"共产主义"，各自手中的卧铺票，就铺位的高低，来回谦让。处处体现出我们"团队"的和谐与温暖。

　　16日清晨，采风团一行33人，在西安一下火车，顿时被眼前的一道高大、厚重的古城墙所震撼！那就是历经沧桑的西安古城。城墙下，那一簇簇火红的石榴花，如同柔软的丝绸结儿系在绿叶间一样，羞羞答答地开得鲜艳欲滴。导游告诉我们：石榴花，是西安市的市花！

　　西安是中国著名的七大古都之一，建城已有1300多年。在漫长的岁月中，先后有周、秦、汉、唐等13个王朝在此建都，历时1100多年。

　　当地的旅行车带我们环绕西安古城行驶时，沿途看到古城墙上一个个

五月的鲜花

193

像烽火台一样的城墙垛，导游有意识地问我们那些城墙垛有什么作用，两两之间相距距离是多少？我们的回答五花八门。导游淡然一笑，自问自答：古人云，一箭之地，是指 60 米远。而我们两个城墙垛相隔的距离是120 米，面对入侵者，左右两个城墙垛上射出的箭，正好能阻击对方。导游简单的一个提问，当即把我们引到了金戈铁马的古战场上去了。好在，我们此次西安之行，并非是来考古的，我们的目的是去《华商报》取经。

上午 9 时许，我们来到西北乃至全国都颇负盛名的《华商报》报业集团公司，《华商报》的副总编杨君先生接待了我们，《连云港日报》社的副总编高庆华先生与杨君先生交换名片时说："我们来自欧亚大陆桥的东桥头堡——连云港，你们《华商报》蜚声海内外，我们慕名而来！"

杨君副总编十分客气，他对我们连云港近年来的大开发、大建设略知一二，言谈话中，或多或少地透出对我们港口城市的羡慕与敬仰。然而，当杨君先生谈到他们的《华商报》自 1997 创办至今，发行量逐年上升，或者说逐月都在上升，目前，已在北京、天津、沈阳以及国内十几个省会城市都开办了《华商报》的"子报业"，当年的广告收入多达 5 个亿时，在场的人无不为之震惊！杨君先生告诉我们《华商报》的大门，是对有志于《华商报》的发展者敞开的，报社的编辑、记者，一律实行聘用制、末位淘汰制，每个人的基础工资只 400 元（包括报社的老总），但是，职务工资、级别工资，尤其是记者发稿的数量、质量，将把大家的工资待遇拉开距离。年薪最高的首席记者，可拿到十几万、二十几万元的薪水。但是，首席记者的宝座，并不是终身制的，而是实行季度考评制，谁有本事，谁来坐那把交椅。

离开《华商报》，我们采风团的成员在去成都的火车上，仍对《华商报》的成就崇拜不已。

5 月 17 日早晨 5 点钟，我们来到了素有天府之国美称的成都。走出成都火车站，当地导游打着"欢迎《连云港日报》采风团"的招牌迎接我们。此时，大家可能由于乘夜车而来，一个个蔫头耷脑的没有精神。上车后，年轻、貌美的女导游，开口就说："欢迎大家千里来同居！"说完，那个女导游自个儿先笑了，她告诉车上的男士："我这个同居，可不是你们想的那个同居，而是车马炮的车哟！"一句话，使大家的精神振奋起来。

接下来，导游给我们唱了两只歌，一支是《青藏高原》，另一支是当地情歌，唱腔和歌词都情意绵绵，就在大家想跟导游打趣时，那个鬼精的女导游，忽而问了我们一个简单而深奥的问题："大家知道我们成都的'解手'，是什么意思吗？"

回答自然是上厕所。

导游一笑，说："这个回答，我只能给你们打60分！"

导游告诉我们，当地有一个少数民族，叫羌族。如今，这个民族，大部分人都生活在九寨沟内，也有一少部分在成都市内。但是，羌族的同胞，并不是成都土著人，他们来自遥远的湖广，或更为美丽富饶的地方。传说，明末清初，在四川割据的张献忠以及清兵入川后，屠杀了大量的百姓，致使四川人口剧减，为此清政府便从湖广、云南等边疆地区押解来大批的羌族同胞，怕他们途中逃跑，就用绳索把他们的手绑起来，并一个个连在一起，可长途跋涉中，他们需要解大小便时，就乞求押解他们的官兵，把他们的手解开，由此，成都人至今还把上厕所叫做解手。故事至此，并没有什么生动之处，或者说，这样的说法，全国各地到处都能找到。因为，我们连云港人也有把上厕所叫做解手一说。

但是，导游接下来的一席话，让我们在场的人听了，个个都肃然起敬。导游说，当年，大批的羌族同胞被解到内地之后，不习惯内地的生活，他们思念自己的故乡。最终，羌族同胞秘密地联合起来，揭竿而起，杀掉了看守的官兵，携家带口，拖儿带女，一路拼杀，向着他们故乡的方向逃跑。可衙门通四海，羌族同胞在逃跑中大都死于战乱，极少数人选择了深山老林，也就是我们今天要去的九寨沟隐居下来。残留下来羌族同胞，为了怀念他们逃亡路上死去的亲人，选择了白头巾作为头饰。

我们到九寨沟游览的当天，温度高达三十几摄氏度，可沿山的羌族女

五月的鲜花

人，仍旧裹着厚厚长长的白头巾，我们无需去问她们大热的天为什么还裹着白头巾，因为我们知道，她们在怀念逝去的亲人！

我们的旅游车，沿着美丽的岷江逆流而上，或者叫盘山而上。早晨6点半从成都出发，直至下午6点多，才到达目的地——阿坝藏族自治州所属的九寨沟下面的一家宾馆。沿途经过文川、茂县、松潘，道路崎岖、险要，不少地方的山坡，都加固了铁丝网，以防山上的石头滚落下来砸伤游人。路过"老龙湾"时，我们只见陡峭的山崖，不见悬在山崖间的道路，直至我们的旅游车安全地通过了那段悬在高空中的山道时，导游才告诉我们，刚才我们顺利地通过了"老龙湾"。此时，大家回头一望，身后的山道如同一条白色的绸带一样，正飘在山腰的半空中，悬崖下面是万丈峡谷。大家不由得松了一口气。可接下来的行程更是一段比一段险要，好在沿途有一条"哗哗"流淌的岷江，始终相伴在我们的身旁，直至我们在大山深处的宾馆里住下，那条长年不息的岷江还在我们的耳边响着。导游告诉我们，岷江的源头，就在我们驻地上游三千米的雪山上。

5月18日，我们游览九寨沟。

九寨沟，因沟内有九个寨子而得名。奇怪的是，当地人把山里的池塘、水沟，一概称为——海子。导游告诉我们，这是山里人普遍的叫法，也许是生长在高原上的人们渴望大海的原故，所以，把高山上的池塘叫做海子。

"九寨回来不看水！"是的，去过九寨沟，我才知道什么叫做词汇的贫乏，面对一池又一池五彩的池水，我忽然发现，我曾经读过的最华丽的词藻都无法将九寨沟媚人的水准确地描述出来，那清澈见底的池塘内，容纳的是水吗？那么清亮，那么虚幻，那么飘逸，那么绚烂多姿。

我们在导游的引导下，时而乘坐山上的游览车观光，时而途步穿行在山涧的溪水栈道上与大自然亲密接触。九寨沟的游览线路为一个"Y"字型，我们从左到右，纵览了九寨沟大大小小上百个七彩的池塘、湖泊。但，最让我流连忘返的，还要算是五花海。

五花海的四周，被彩林重重地包围着，游人站在塘边木板搭成的栈道上，便可以看见五花海五彩缤纷的景致。在我没来九寨沟之前，我一向认为，水是无色、无味的。但是，此次九寨沟之行，才让我意识到：水的颜色是色彩斑斓、千娇百媚、光怪陆离的。而且在同一片水域里，水的颜色还可以争奇斗妍！我甚至认为九寨沟的水，要比春天的花儿更加鲜艳璀璨。还有水底下倒伏的树木，横七竖八地交叉在一起，它们在水底的形状，如同天然的珊瑚一般美丽壮观。只有水面上或黄、或红、或紫、或青的落叶，缓缓地随波飘浮着、流淌着，向我们诉说着九寨沟无处不美的境地。

　　根据我们的行程，或者说是导游的着意安排，游览九寨沟的当天晚上，我们采风团要到藏民泽旺卓玛家去做客。泽旺卓玛家能容纳150人同时就餐的藏族会客厅里，当晚同时接待了来自新疆、辽宁、青岛，以及我们连云港来的四五拨客人，大家欢聚一堂。能歌善舞的泽旺卓玛一家，有三个天仙一样美丽的女儿，她们向远方来客敬着青稞酒，自编自演了一台意味深长的藏家歌舞，并与远方的客人一起互动，上演藏家女儿招女婿的逗人喜剧，赢得了阵阵掌声！临散场时，门外烧起了熊熊篝火，泽旺卓玛一家，围着篝火，穿插在客人当中，带头跳起了大跨步、大甩袖的藏族舞蹈，大家情不自禁地加入到队伍当中。令我没有想到的是，篝火晚会结束以后，大家纷纷上车，准备回宾馆休息时，走在我前面的日报社吴弋女士，仍旧沉醉在歌舞中，只见她两手空中舞着，腰肢左右摆动，真是好笑。

　　5月19日，我们同车去黄龙。

　　黄龙位于松潘县境内，与九寨沟相邻。但，黄龙地势险要，海拔4000多米。导游告诉我们，无限风光在险峰，大家要去看黄龙的美景，首先要做好应对高原反应的准备。

　　果然，在去黄龙时，同去的33人当中，几乎有一半人没有攀登到黄龙风景区的最高点——瑶池。回来的途中，我们实地参观了阿坝藏族自治州最大的牦牛角加工厂，不少同志看到那壮观的牛角加工场面，联想到我们本地的旅游业，以及与之配套的旅游产品，以此当作经验，详细地记录在采访本上。

5月20日，我们结束此次采风的行程，准备打道回府时，《连云港日报》以副总编高庆华为首的几位领导，说我们来一趟四川，没吃上正宗成都火锅，多少有些遗憾，当即决定在都江堰岸边，招待我们吃了一顿红红火火的成都火锅。

那顿火锅究竟吃得如何，不必细说，只告诉你，至今回想起来，口中仍留有浓烈的辣香！

温暖的石头

东北纪事

北国之春

哈尔滨的春天是短暂的。

但，哈尔滨的春天很美丽。北国之春，乍暖还寒！可"冰城"人在厚厚的羽绒服、裘皮大衣里"捂"了漫长的一个冬季，忽如一夜春风来，巴不得一下子脱去笨重的冬衣，换上夏日里"打短"的裙衫，尤其是哈尔滨的女人们，她们不顾忌早春的寒意，感觉到春风拂面，便一个赛一个地穿出了夏日的美丽！

哈尔滨的气温，早晚温差较大。女人们不失时机地选在午后气温攀升的时候，涌入街头，她们或长裙飘逸，或短衫露腰，万般风情地展示出女性的曲线美、肌肤美、青春美。

但，早春时节，刚刚从寒冷中走出来的"冰城"女人们，仍旧穿着高高的长筒马靴，大街上，或黄、或红、或白、或紫的高帮马靴，搭配在姑娘们的白裙绿衫下，分外妖娆！

走在哈尔滨的大街上，时不时的就能看到"混血儿"，他们是俄罗斯人的后裔，同时，也是中国人的后代。那些"混血儿"，男士们，大都是高鼻梁、大眼睛，长得高大英俊；女孩，则皮肤细腻而又白嫩，尤其是十七八岁的"混血"女孩，皮肤白嫩得似乎能弹出水来！且个个都是乌眉、大眼、高高的个子，无论是身条还是脸蛋，都有无可挑剔的美。

哈尔滨最繁华的地方是中央大街。而在中央大街上，人气最旺的是"圣·索非亚大教堂"广场。

那里，是苏联老兵远离自己的祖国，思念家乡、想念亲人时，自行修建的祈祷场所。如今，它已经是哈尔滨的一个旅游景点。

当天，我们来到"圣·索非亚大教堂"时，广场上随处可见俄罗斯的游客。他们的身材，明显的高出我们一头，男士们胸肌上大都长着长长的、黄黄的汗毛，女孩们大都穿着薄薄的 T 恤衫，高高地挺着胸乳，撅起圆得诱人的臀部，极为性感！

我漫步在广场上，有意无意间，目光落到了那些美女们的身条或脸蛋上。忽然间，我看到不远处的木椅上，一个肌肤白皙的女人，像是俄罗斯人，又像是"混血儿"，她头上戴着镶着红丝带的白色的洋布帽，身上穿着一件洁白的过膝裙，小小的嘴巴，涂着鲜亮亮的口红，她可能是走累了，或是双脚捂在那高帮靴子里过于难受。我看到她时，她正斜坐在木椅上，一双大红色的高帮靴子脱下来放在一边，高翘起一双裹着丝袜的纤纤玉足，单手把在椅背上，旁若无人地沐浴在微风、阳光里。那动作看似有伤大雅，同时，我又觉得她那双纤纤玉足，娇小可人，令我怦然心动！我远远地看着她，很想走近她给她照张相，又怕引起她的反感。凝望之中，我总觉得她那无所顾忌的样子，很有点儿意思。但末了，我还是悄悄地走开了。

可回到我们的旅游车上，我与导游和同伴们讲起那个让我怦然心动的女人，并阐明我想把她"收进"我的相机里时，当地导游责备我说："那你怎么不跟她讲呢？我们这边的女人，大方得很，你若夸她漂亮、美丽，她会很高兴与你配合的！"

我笑笑，没再说啥。

但我后悔，怎么没像导游说的那样，与她来个近距离接触。

夜宿哈尔滨

在哈尔滨，我们逗留了三天两夜。

头一天晚上，我们在宾馆里住下，大家聚在房间里打牌聊天至深夜。次日一大早，我隐隐约约地感到窗户上有了亮光，揉眼一看，果然晨曦已至。我喊醒了同屋的小张，说："别睡了，天亮了，起来说话。"

小张，是下边县文联的秘书长，平时也在报刊上发点"豆腐块儿"，与我有着共同的爱好。头一天晚上，我们就文学创作聊了很多，而此刻，天一亮，我又喊醒了他。两个人东南西北地扯了半天，我感觉该到楼下吃早饭啦，随手摸过手机一看，呀，怎么才四点多？我说小张："你看看你的手机，几点啦？"

小张看过手机之后，惊呼一声，说："怎么四点多钟，天就亮了？"

敢情，哈尔滨的早晨比我们内地来得早！曾记得东北作家迟子建，有一篇小说题目叫《北极星童话》，说到北极村里一年中有一天，全天没有黑夜，24小时里都是大白天。至于哈尔滨到北极村有多远，我不知道。但此时，我忽然想起，头一天傍晚时，哈尔滨的本地导游到机场接我们时，讲了个逗我们开心的"黄段子"，说这些年来，哈尔滨市的计划生育工作非常难搞，原因是，哈尔滨人晚上睡得早，在床上没事干怎么办呢？于是，就生小孩子玩儿。

这就是说，哈尔滨的早晨来得早，晚上必须早一点儿入睡。我和小张都是初次到哈尔滨，哪里知道这些呢。所以，我们看到天亮，就认为该起床了。

这是我在哈尔滨过的第一个夜晚。

第二天晚上，我们遵循哈尔滨人的生活习惯，早一点儿入睡。可次日一大早，窗口有了亮光时，我还是习惯性地醒了！这一次，我不好意思叫醒对面床上的小张了，独自悄悄起来，想到松花江边去走一走。

那时间，也不过凌晨3点多钟，大街上的路灯已经关了，街面上，远远近近，有几个穿着黄马甲的环卫工人在清扫街面。我不知道松花江在我们宾馆的哪个方向，走出宾馆后，我看到不远处的路口，有一个打太极拳的老人，我迎上去问那老人："去江边怎么走？"

老人没有言语，随手往前一指，很快又进入了他的"拳路"。

我按照老人的指点，步行了三五分钟，就来到了令我心旷神怡的松花江畔。

江堤上，迎面吹来的风，带着丝丝凉意，许多晨练的人，穿着红的、白的、绿的运动服，他们在江堤大道上或跑或动，或进或退地从我身边匆匆闪过。我站在江堤的护栏旁，远望着对面绿林掩映的太阳岛、玉树临风般的太阳岛斜拉大桥，以及前面不远处气势宏伟的松花江铁路大桥，情不自禁地感受到一种人在画中的美感。

江堤下，碧波荡漾的松花江水，涌来"沙沙"的涛声，我拾阶而下，想去感触一下那雪山而来的江水浸入我肌肤的感觉。忽而，我看到台阶上，有两串包装精美的冰糖葫芦，色泽亮丽，且十分鲜艳。想必，昨晚一对情侣在此坐过。他们或许跟我一样，被眼前的江水所陶醉，或许情人的话语过于甜蜜，忘记了身边的美物。

由此，让我想到，夜晚的松花江畔，一定是诗意般的浪漫而又迷人。只可惜，我此次哈尔滨的行程已定，不能赶在夜晚来临的时候，再来领略松花江畔的诗意美了。

我将随团队于当天下午离开哈尔滨，赶往我们的下一站——长春。

走近"伪满洲国"

高高的围墙外面，一块白底黑字"伪满皇宫博物院"的招牌，挂在铁棚大门一旁的门垛上，透过那扇并不宽大的铁棚大门，隐隐约约地可以看到院内青松翠柏掩映着一幢幢灰蒙蒙的楼宇。

那里，便是末代皇帝溥仪最后叛国称帝的地方。

铁棚门的西侧，竖一个不太起眼的小炮楼，黑洞洞的枪眼，诉说着当年溥仪来此居住的恐慌。

透过铁棚大门，往院内探望，整个院落，如同一座毫无生机的监狱一样，一派死气沉沉。

我们避开铁棚门，从旁边跑马场的收费处走进"伪满洲博物院"。

跑马场看似有足球场那样大。导游告诉我们，那是当年"伪满洲国"

专门为溥仪修建的。

溥仪崇敬祖先们"马背上见英勇"的气概。所以，日本人把他囚禁在"伪满洲国"以后，他在那个小得可怜的院落里，仍然要修建一个跑马场。由此可见，走向没落的溥仪，念念不忘他们的先祖们骑马箭猎的传统。

我们在跑马场旁边稍事停留，很快随团队走进东侧的"博物院"。

当天，是星期天，前来参观的游客特别多，而溥仪和婉容居住的地方仅仅是一栋两层小楼，里面人满为患。导游为避开参观的人群，没有按照进馆的顺序，首先把我们领到了"追熙楼"。

导游告诉我们，溥仪在此接待过许多外国使节，他把此楼命名为"追熙楼"，其含义不言而喻，是想追回当年康熙爷拥有的大清国的万里河山。但，事与愿违，溥仪在"伪满洲国"称帝期间，完全是日本人的傀儡，溥仪的个人理想、抱负，在这里一个也没有实现。说到这里，导游又觉得说得过于绝对，随之，话题一转，说："不过，有一件事情，让溥仪在这里心想事成。那就是溥仪的弟弟娶了个日本女人，怀孕以后，溥仪因为自己没有儿子，他担心那个日本弟媳生个男孩来，日本人会让那个'混血儿'接替他的皇位。所以，溥仪在弟媳怀孕期间，每日上香、祈祷，千万别让那个日本女人生出男孩来！"

还好，溥仪的日本弟媳十月怀胎以后，生下来的果然是一个女婴。溥仪高兴之余，赐名慧生。即会生之意。

导游的这个小故事，讲得大家相视一笑。

随后，导游领我们去见大清国的最后一个皇后——婉容。

婉容的展厅布置得十分简陋，房间里空空当当，只有墙壁上的照片展示出当年的婉容，是如此的端庄、美丽。她善于琴棋书画，还会骑马射箭，她还骑着西洋人送来的自行车，留下一张回眸一笑的玉照，怪迷人的！

然而，我们登上二楼展厅，参观婉容的卧室时，大家的心情忽而沉重起来。

晚年的婉容极为凄惨！她与溥仪同居一楼，但他们并不同房。导游说，溥仪怪僻多多，冬天不盖被子，只盖毛巾被，天气变冷时，他就加一床毛巾被，再冷，就再加一床毛巾被。婉容虽与他一墙之隔，但婉容不能随便进入他的卧室。这期间，婉容与卫士官私通，生下一个男孩，溥仪知道后，把那个男孩扔到火中烧死了！之后，将婉容打入冷宫，限制了她的一切自由。

后期，婉容靠吸大烟来麻醉自己的神经，直至悄然死去。

离开婉容展厅时，我跟在导游身后，悄悄地问了导游一句："婉容在溥仪的眼皮底下，是如何与卫士官偷情的？"

导游随手往窗外一指，说："后面的花园里！"

大家笑，我也笑了。

至于婉容在后花园里是如何与卫士官偷情的，我没好去深问。但我可以想到，那时刻，婉容一定是幸福的。

大帅府里的五姨太

大帅府，即东北军阀、一代枭雄张作霖的府邸。

张作霖戎马一生，娶过五六房姨太太。但张作霖一生中最钟爱的，还是他的五姨太寿夫人。

寿夫人聪慧、娴雅，但她调皮，会使小性子。不可一世的张大帅，恰恰喜欢这个有点"怪味"的女人。

寿夫人一生为张大帅生了四个儿子两个女儿。为此，张大帅曾专门为她建造了一栋别墅。

寿夫人带着她的儿女搬进别墅后，她只选了楼下一间小房间支床就寝，而让子女们一一住到楼上去。寿夫人告诉她的子女们："你们是张家的希望，理应在父母之上。"

寿夫人以此告诫她的子女们，要高瞻远瞩，成就大业！

1928 年，爆发了震惊中外的"皇姑屯事件"，惨遭日本人暗算的张作霖张大帅，胸部受重伤，被抬回大帅府六小时后，便撒手西去了。

而此时，日本人正虎视眈眈地想侵占东北，一旦得知张大帅的死讯，他们将会迅速调集兵力，攻打群龙无首的东北军。

深明大义的寿夫人，此刻显出了超人的能耐！她严密地封锁了张大帅的死讯，并与当时的奉天省省长刘尚清等人密谋，于张大帅死后的第二天，以奉天省公署的名义，对外发表通电："主座（张作霖）由京回奉，路经皇姑屯东南满铁道，桥梁发生爆炸，伤数人，主座亦身受微伤，精神尚好，……省城亦安谧如常。"

而此时，寿夫人已秘密派人火速赶往京郊前线，送信给张学良，让张学良迅速赶往东北，接替父亲，掌管军务。与此同时，她还正襟危座地与日本人派来的汉奸特务周旋，并制造出种种假相，迷惑日本人——大帅还活着。

张大帅停尸帅府的日子里，寿夫人动员帅府里的女人们，一律涂红挂绿，装出若无其事的样子。其间日本军方曾多次派出间谍以及日本军官的姨太们，前去大帅府打探消息。

寿夫人不卑不亢，不遮不掩，她把死后的张大帅头部用绷带包扎起来，仅露出眼睛、鼻子、嘴，让其平躺在床上，每天一日三餐，汤水不断地送到床前。同时，还专门留出了一处瞭望窗，让前来打探消息的汉奸特务可以隔窗而望，以此迷惑日本人。

数日后，张学良从北京南部的邯郸前线赶回沈阳，接替父亲的军权后，才正式对外发布讣告。

而此时，大帅张作霖早已死去 12 天了。

前三岛琐记

乍暖还寒的初春时节，我们前往前三岛植树。头一天晚上，我与区武装部、农水局的领导和几位林业技术人员一行数人，赶到港口住下，计划第二天一早，乘海军的舰艇上岛。

第二天清晨，天还没有亮，我们就赶到码头。此时，与我们一起到岛上植树的海军某部官兵，已经列队等候在甲板上。汽笛长鸣的那一刻，舰艇两侧翻雪吐银一般卷起波浪，慢慢地推动舰艇离开了码头。紧接着一大群海鸥，冲着舰艇后面的浪花上下翻飞，煞是壮观。

我们的目的地，是前三岛之一的车牛山岛。从连云港码头，到车牛山岛大约有五十海里的航程，一般的渔民机器船要航行三四个小时，而我们乘坐的舰艇速度非常快，只跑了一个多小时，就望见前方海面上出现了岛屿。

船上的海军官兵告诉我们，那就是车牛山岛——

灯塔工

车牛山岛是前三岛的三个岛中最小的一个岛，也是三个岛中最高的一个岛。岛上，有60年代"备战备荒"时修筑的碉堡、工事和一座座空荡荡的营房，最显眼的就是岛上的那座高高的灯塔，来往的船只很远就可以看到它的导航灯不停地闪烁。我们乘坐的海军舰艇靠不上眼前的车牛山岛，只好在离海岛两三海里外的海面上抛锚。然后，我们携带树苗换乘小船，分批划到岛上去。

我是第一批乘小船登上海岛的。当时，正赶上落潮，海岛边的礁石上，裸露出大片大片的海蛎子和密密麻麻的黑色海贝——海红。登上海岛的人，几乎都是踏着礁石上的海蛎子或海红攀上岛去的。

我从小船的甲板上，一脚跳向海岛的小码头时，忽然看到一个穿雪花呢短大衣的中年男人冲我张望，原认为他是和我们一起前来植树的同行，可转念一想：不对呀，这个人没和我们一起来呀？就在我惊诧不已的时候，他却冲我微微点头微笑，我纳闷：莫不是人家认识我，我却不认识人家了！我也尴尬地冲他笑笑，算是打招呼了，他却跟过来问我："你们是哪里来的？"

这一问，我知道他不是我们一起来的，并当即断定他是这岛上的人。我告诉他："我们是海州区的，植树的。"

他很吃惊的样子，上下打量我，说："不对呀，海州区的人，我认识呀！"

我想笑他，海州区十几万人，他能一个一个都认识？但我很快明白，他认识的海州人，是指我们区里的领导以及农业局的几位技术员，他们前几天到岛上查看土质、土层，以此确定岛上能种植什么样的树。而我们此次上岛，是专门来植树的，而且来了很多人，他当然不认识我了。我问他在岛上是干什么的，他抬头仰望着岛上那座高高的灯塔，很自豪地跟我说："灯塔工。"

我轻"噢"了一声，心想，他是守望灯塔的人。顿时我便把大海、孤岛、寂寞等字眼与他联系起来，我问他岛上住了多少人？他说三五个。我问，都是看守灯塔的？他笑，说："不是，岛上还有边防派出所。"

随后，我扛着树苗，他也帮我们扛着树苗，一起往山上植树去。其间，我们的话题多了。我告诉他，我们此次来带来了连云港的市花——玉兰花。他告诉我山上本来也有花，是当年驻岛部队为了掩护工事种植的爬山虎、牵牛花等等，他还告诉我，说他姓惠，他的家住在连云港码头上，他每次上岛以后，要在岛上工作两三个月才能回去一次。

当我问他这个岛为什么叫车牛山岛时，他随手往前方的海面上一指，问我："你看那几块露出海面的礁石像不像一头大水牛？"我抬头望去，还真是像哩，牛头、牛背、牛尾，甚至连两个高翘的牛角，都惟妙惟肖，栩栩如生！他告诉我：若是坐在飞机上往下看，我们脚下的海岛，就是一辆大车，与前面那几块"牛形"礁石，正好构成水牛拉车的形状，所以就叫车牛山岛。

我问他："你坐过飞机？"

他说没有。但他告诉我他去过前面那"牛头"、"牛耳"的礁石。还详细地向我描述了那上面的海红、海蛎子有多大，挺让我眼馋！

接下来，老惠想引导我到他看守的灯塔处去植树，可当我们爬上一个小山坡时，迎面走来两位驻岛军人，老惠耳语般地告诉我，说他们是边防派出所的，打头的那位高个儿是指导员。老惠与他们虽然同居一个弹丸大小的海岛，但，他们是两个单位的。而且，一个属于海防，一个属于地方。

边防派出所的官兵得知我们是来绿化海岛的，非常高兴，也非常热情，让我们到他们的派出所去看看。

岛上，很少见到陆地来人，所以，偶尔等来我们植树的人，如同见到自家的亲人一样。我原打算把我的树苗植到老惠的灯塔下，可半道上却被边防派出所的官兵领走了，弄得一旁的老惠不大高兴，好像我是他刚刚团聚的亲骨肉，忽而又被别人抢走了似的。他默默地站在原地，目送了我们很远。

宰　羊

车牛山岛上有羊。

我们上岛的当天，边防派出所里好像刚刚宰杀过一只羊，一走进他们的小院，我就看到水池边整整齐齐地摆放着四只羊蹄子。我指着那羊蹄子问指导员："你们改善生活了？"

指导员笑笑，没有回答。可他很热情地把我们领进他们的营房。

车牛山边防派出所，面向茫茫的大海，三五间钢筋水泥浇灌的房子，如同碉堡一般，半藏在悬崖峭壁间，开窗可望到一望无际的大海，直至望到远处海天相接的地方。

边防派出所的官兵常年驻守在岛上，粮食、蔬菜由陆地的船只定期供给，他们的生活用水，依赖于雨水、雪水和船只从陆地送来的淡水，我们上岛植树的人，了解到他们用水的困难之后，大家都忍住干渴，不忍心去喝他们的水。他们肩负着守卫海疆，守卫黄海前哨的神圣职责。尽管岛上只有几名官兵，但他们完全是军事化管理，战士们的被褥叠得非常整齐，就连厨房里冬储的大白菜、冬瓜、萝卜、土豆都一个个排列有序。他们看的《解放军报》、《连云港日报》、《苍梧晚报》等大都是两个月前的，有的报纸已经明显发黄了。有一位战士的床头放了一本卷了角的《读者》，我拿起来一看，是2005年第5期。

岛上的生活显然很单调，战士们平时靠礁石上的海贝和大海中的鱼虾来改善生活，像我们看到他们杀猪宰羊的场面，一年也没有几次。

岛上有几只羊，都是战士们春天从陆地买来的小羊羔，散养在岛上。岛上有丰富的杂草和野果，不到秋天，就可以长成大羊了，有的羊还在岛上生儿育女。

岛上的官兵把山羊看作是美丽的风景，与它们为伍、为伴，不到岛上断粮的时候，不允许宰杀它们。

可他们听说我们要到岛上植树，官兵们担心岛上的羊会吃掉小树苗，所以决定在我们植树之前，宰杀掉岛上的羊。这或许是那位指导员不愿提及宰羊的原因。岛上的人与他们的羊朝夕相处，人畜之间早就有了感情。

一时间，我为战士们为保树而宰羊的举动所感动。同时，我也为他们就此失去了"以羊为伴"的日子而酸楚。

海岛精灵

车牛山岛，可谓荒岛一座，荒凉到连一只麻雀都找不到。但，岛上有一只母猫、两只小狗和七八只鸽子。

那两只小狗，一灰、一白。白狗，通身洁白如雪，唯有鼻尖是黑色的，如同黑色橡胶一样，镶嵌在它洁白的绒毛间，它的个头不大，但胖乎乎的很好看，不知是哪位有心人，别出心裁地给它扎了一根红丝带，使小白狗宛若大家闺秀一般，显得十分高贵；而那只小灰狗，好像是从什么地方拣来的流浪狗，或者说是一只赖皮狗，灰乎乎的，毛发卷卷脏脏的，个头又小，与那只小白狗相比，简直就像白天鹅与癞蛤蟆。但，它们是一对好朋友，或者说是一对难舍难离的情侣。小白狗走到哪里，小灰狗就跟到哪里；要么，小灰狗走到哪里，小白狗就会找到哪里。

因为，岛上再也找不第三只狗了。

那群鸽子，我敢肯定地说，一定是岛上的某一位官兵，实在是耐不住岛上的荒凉与寂寞，专门从内地购来带到岛上来的，大约有七八只，其中一只鸽子还带着鸽哨，一飞起来，整个小岛上都能听到"呜呜"的鸽哨声，也正是那"呜呜"的鸽哨声，把荒凉的小岛弄得颇有生机！

鸽子们把巢穴选在海岛的悬崖峭壁上。它们的活动空间，就是岛上那打麦场一样大小的小地方。平时，岛上没有人来，鸽子们就以岛为家。我们去岛上植树的当天，满岛都是人，那群鸽子可算是开了眼界，飞起来之后，围着小岛盘旋了很久都不愿意落下。事实上，那群鸽子不是不愿意落下，而是小岛太小了，鸽子们看满岛都是刨坑植树的人，无处安身了。

好在岛上有一座高高的灯塔，鸽子飞到最后，终于飞累了，全都落到灯塔顶部去了。

岛上的灯塔工老惠身边的那只猫，是岛上唯一的一只猫，而且是一只母猫。船一靠近海岛的小码头，它就跟在老惠身边，高翘着尾巴，冲着我们"哇哇"地怪叫。老惠与我们搭话的时候，那只猫还是不停地叫，老惠一生气，冲它踢了一脚，那猫灵巧地闪开了。

后来，我们在岛上植树时，那只猫忽而跳过来、闪过去，而且不停地"哇哇"怪叫。和我们一起来岛上植树的余老师傅，有多年的养猫的经验，他告诉我们，说眼下正是开春时节，那只猫一定是到了发情期，它在叫春呐！

只可惜岛上没有与它相配的猫。

不过，灯塔工老惠说，再过一个月有人来换岗时，他想把那只母猫带回陆地去。

我牵挂，这一个月，那只母猫在岛上可怎样煎熬。唉！

同学会

　　金秋时节，燕山脚下。我们采油班毕业20年的同学，相聚在北京东郊的怀柔风景区。两天的时间里，大家一同游览了红螺寺、慕田峪长城以及青龙湖等京郊名胜。两天后大家又再一次各奔东西。

　　相聚的日子里，大家彻夜长谈。我原本想用散文的手法，来记述那团聚时的一个个动人场面，可先后起了几个题目，都不能表达我的心情。比如说，我想用《走进秋天》，来表达我们选在金色的秋天里相聚，而正是在这样一个收获的季节里，让我们看到了我们班的同学各有成就，如：陈燕萍从事航空航天事业，参与了将"神六"送上太空的神圣工作；田平学有所用，几渡重洋，到世界各地去开发石油；刘仁杰、秦义、穆江鸿、张玉强、李士文、吴国栋、沙其林、胡万武、李玉清等，做官、经商，各有千秋。我想用《难忘这20年》来为每一位同学画一张"脸谱"，可这些年来，我与大家接触甚少，要写，只能作点表面文章，如：程凤亭还是当年大姐大的样子，话不多，但很稳重；史鹏飞仍然保留着他那风风火火的性格；李玉清、杨亚恒等头发少了许多；李四清、游新立一身素装而来，原本想裹住她们的美丽，反而给男生们凭添了几多想象。

　　上述这一切，无论怎么写，都表达不出我们20年后再相聚的心情。最终，我还是选择了"琐记"，或称之为"花絮"的俏皮手法，趣味地记录下我们相聚的部分场面。

　　10月28日晚上，晚会尚未开始，宣新亮突然从怀里掏出一沓子打印好的材料，一一分给大家。那是他写的长篇叙事诗《我心中的港湾》和

温暖的石头

《20 年的感悟》。

宣新亮在他的《感悟》中说：他来参加 20 年同学聚会之前，曾犹豫过，毕业 20 年，他拿什么面对自己的同学？论权力，他不是一个善于交际之人，仕途上一事无成；论家庭，并不富有；论友情，又不善于言谈。但他知道金钱会花完的，权力不能持久，爱情甚至会褪色，只有同学情是难以忘怀的。

大家正品味宣新亮《20 年的感悟》的味道时，主持人穆江鸿用调侃而幽默的开场白拉开了晚会的序幕。他首先风趣地告诉大家，一些同学因国事、家事、飞机误点、小秘缠身等诸多原因未能前来参加同学会，之后，话题一转，隆重地推出我们班当年最后一任班长刘仁杰上台致辞。

原认为刘仁杰随意说说也就罢了，没想到他有备而来。他摸摸索索地从上衣的口袋里掏出了"组委会"为他精心准备的讲稿，激情漾溢地从校园的小路，讲到教学楼里午夜的灯光，从课堂上某某人喜欢做小动作，讲到我们去北京门头沟地质所实习时发生的一幕幕，如数家珍一般，一下子把大家带到了 20 年前。

接下来，穆江鸿安排我和田平代表油田以外的同学和国外归来的同学讲话，那原本是"黄金时间"里露脸的时刻，可话筒传到我手里时，我看到餐桌上酒菜已经摆好了，心想：时候不早了，还是先喝酒吧。所以，我面对话筒，只说了两句话：

我想念大家，同时，也担心大家想念我。

我来了！

随后，我把话筒传给田平，没想到，田平还像当年做班长时有板有眼的样子，什么工作呀、读书呀，以至国内国外，生活的苦与乐，都说了。说到最后，她突然打开了胸前紧紧抱着的一个小本子，微微一笑，问大家：同学们一定还记得这个小本子吧，如果我没有记错的话，这里面的《毕业之歌》是我们班的大文人写的。说这话时，田平的眼睛向我望了

同学会

一眼。

随后，田平朗读起20年前，我写的那首十分稚嫩的《毕业之歌》。就在她朗诵到"永定河畔"的时候，我情不自禁地走上台去，与田平共同朗诵了我们的《毕业之歌》。

其间，朗诵到"有愁皆悲"一句时，田平忽然感到不能理解，小声问我："怎么还有忧愁呢？"

显然，她是在指责我当年用词不当。可那是我20年前即兴写的，我用胳膊肘轻戳她一下，示意她别追究了，继续朗诵下去。还好，接下来，我与田平的朗诵配合默契，且声情并茂，赢得了大家阵阵掌声。

当晚，酒宴过后，又有舞会，至深夜12点，舞厅里的服务生告诉我们，他们的服务时间到了。言外之意，大家该散伙了。

可此刻，秦义不想走，大家也不想这个夜晚就这样散伙。秦义带着酒兴，很想把那个夜晚永远留住，他跟舞厅里的服务生商量，想在舞厅里再坐一会儿，可对方不依。

这时候，有人提议到大厅里。秦义一挥手，领着大伙去了。没想到，门厅里没有暖气，太冷！几个女生尚未入座，就抱着肩膀叫冷了！

无奈之下，秦义招呼大家到他房间里去坐。

这下好啦，秦义那间小小的客房，一下子涌进二十几个同学，床上、椅子上都坐满了，还有人贴墙站着。即便是那样，也没有一个人想离去。

秦义看大伙都来到他的房间，如同他领进家门的客人一样，让吴国栋去搬酒来。不一会儿吴国栋抱来一箱"易拉罐"，秦义不论男同学、女同学，只要是坐在他身边的，或是他目及到的，一一敬酒，一个都不落下。

我在他的盛情之下，"咣咣"跟他碰了两个满杯。可第二天清晨，我去他房间里找我的茶杯时，他竟然两眼朦胧地问我：昨夜喝酒时，你跑到哪里去了？可想而知，当晚，秦义的酒喝得够劲了！

接下来的两天里，大家回忆当年。男同学之间，相互揭老底儿，看到

"居委会主任"一样的杨娟芳时，无不想起她20年前唱的那首《党啊，亲爱的妈妈》。

那一年的元旦，全校师生在大礼堂举行歌咏比赛，我们男生中，有几位被尊称为"老人"的老大哥们，如：周观荣、商立新、张玉强等幕后操纵，左右着班里的男生们，正式比赛时，男生中竟然只张嘴、不出声，气得当时的班长田平眼泪都快掉下来了！眼看我们班就要出丑，陕西来的黄毛丫头杨娟芳，突然间涌起一股"爱班级"之情，往前跨了一步，亮开了嗓门，独自一人，大声唱起了《党啊，亲爱的妈妈》，总算把尴尬的场面给打发过去了。

一转眼，20年过去了，大家一看到额前留有一缕俏皮卷发的杨娟芳，顿时都想起当年她那首为班级荣誉而唱的《党啊，亲爱的妈妈》。尤其是当年给她出过难题的"老大哥"们，直冲杨娟芳伸大拇指。

女生相聚，热闹而有趣。她们中，不知是谁带来了当年毕业时的女生合影，这一次见面，13位女生又按照当年所站的位置，重新照了一张。不能作美的是，当时李四清还没有赶来，田平、游新立又急着回京有事，当初的13位女生，照片中只好空缺李四清了。但私下里有男生给她们出歪主意：采取电脑处理的办法，把李四清的头像给搬上去。

这次同学会，我们班里的13位女生算是到齐了，其中给大家印象较深的是周虹和她那十分优雅的舞步。她穿了一件黄马夹，那可是十分上镜的颜色哟！她忙里忙外，直至晚会开始，她还在那里算人头、数房间，安排第二天的行程。当胡万武走到她的身边，邀请她跳舞时，她一下子找到了感觉，欣然起身，且脚尖点地，身轻如燕地步入舞池，看得我两眼发呆。

刘文欣发生了很大的变化。20年前，她似乎没有和班里的男同学讲过话，可这一次见面，大不一样了！班里所有男生都是她的哥们儿。而且，相当自信，同学会上带来了三四条长短不一的裙子，一会儿换一条，一会儿又换一条，即使到各个房间串门时，也不忘记挎上一个雅致的小包做点缀，发型更是变来变去，魅力多多，有意无意间，吸引着很多男士的眼睛。

变化不大的是蔡慧、刘蕴、安广霞。尤其是刘蕴20年前就喜欢从镜片后面看人，如今还是那样。

善于脂粉的是陈燕萍。20年前，陈燕萍就曾大胆地把自己的一头乌发烫成卷儿，并俏皮地扎成一对刷子坠在脑后，如同两串黑葡萄似的，在脑后摇呀摇，招引得许多男生心魂不定。20年后，她的穿着打扮仍然很新潮。一件海水蓝的坎肩，既不遮风，又不挡雨，可松松垮垮地穿在她身上，煞是好看！如果不是她亲口告诉我们，"神六"上天，有她一份功劳，谁也不会相信，这样一个水水柔柔的弱女子，会与冰冷的钢铁联系在一起。要知道，"神六"上天，是全中国人民的骄傲，而我们班的陈燕萍参与了这一工作，那可是全班的骄傲哟！

大家相聚的两个晚上，我与李士文同居一室。他西装革履，上学时话就少，20年后仍然说话不多。但他的生活很讲究，晚上睡觉前，都要把皮鞋擦亮了再躺下。

他很少和同学开玩笑，但，大家讲笑话，他听得津津有味。比如，我在游船上讲的《人大李主任》，他在船上笑过了，下船后，还跟我递个眼神，继续笑着！李士文是我们同学中混得不错的一个，我俩在聊天时，我似乎悟出，他在工作中，是以人格的魅力，管理着他的企业。他让我抽空去他那里看看，我想只要我有时间，会把我们班42个同学生活的地方都跑一遍。那样的话，或许在下一次同学会上，我会像杨娟芳教给我的那样，把全班同学每人写一部书。

写到这里，我不得不说说吴国栋。他与李四清是我们班同学中年龄最小的两个。他工作在油田科技处，主管着一块业务，按理说，也是个响当当的人物啦。可他一回到同学中来，立刻就没了身价，大大小小的事，都安排他去做。

这次同学会，挂在组委会名下的是：刘仁杰、穆江鸿、秦义、周虹、安广霞。可具体事情上，找到吴国栋就算是找到"延安"、或者说是找到"组织"了！

国栋人缘好，在班里算是活宝式的人物。他个子不高，可脑门挺大、挺亮堂，人也十分聪明，当年全校"高等数学"竞赛时，他还摘过第七名的桂冠哩！

如今20年过去，大家相聚在一起，不再谈学习了，可吴国栋仍有可爱的一面。长城上与女同学合影时，他原本是西装革履的很有风度，可穆江鸿逗他，说太阳光线不好，让他把外衣脱了，他真的就脱得只剩下最里面的白衬衫了。宾馆里登记房间时，女同学领了房间钥匙，俩俩结对，去找自己的"小天地"。国栋可好，生怕同学之间互相找不到，专门列出各自的房间号，贴在饭厅的显眼处。这下好啦，男女同学相互串门，聚会的两个晚上，几乎是无人入睡。

一件事说来令人心酸了。在去北京的途中，有人提议：到我们母校去看看。结果是，母校的牌子换了，大门改了；校园里的楼房多了，道路变了；道路两边的树木多了，而母校里认识我们的人少了！

好在有留校的安广霞在车上，她指给我们，哪是当年的操场，哪是教学楼、宿舍楼，哪是我们的食堂、图书馆等等。

一时间，大家触景生情，一个个都很激动，叽叽喳喳地找到我们20年前读书的教学楼时，我忽然发现今非昔比，原本是一栋奶白色的小楼，如今被涂成赭红色。我两眼茫茫地走下车，走到当初读书的那间教室门前，推门想走进教室看看，或是想去找找当年读书的"位置"，可门窗紧锁，显然，那里不再是当年我们自由读书的地方了。我就那么两眼茫茫地往当年的教室里望了两眼，然后默默地从旁边的楼梯走下去。走出教学楼后，我真想抓一把土带走！

要知道，在那里，每一个窗口，都留有我们读书的身影，每一阶楼梯上，都留下了我们的青春年华。

　　在那里，有我们班 42 个同学相处的一千多个日日夜夜。楼内的灯光下，楼西的操场上，楼东的田野、小树林里，以至楼前楼后的路灯下、小路上，处处都留下了我们青春最美好的记忆。

温暖的石_头